여자 오십
이제 조금
알 것 같습니다

여자 오십
이제 조금 알 것 같습니다

초판 1쇄 인쇄 2023년 4월 21일
초판 1쇄 발행 2023년 4월 28일

지은이 홍미옥

펴낸이 박세현
펴낸곳 서랍의 날씨

기획 편집 김상희 곽병완
디자인 김민주
마케팅 전창열

주소 (우)14557 경기도 부천시 조마루로 385번길 92 부천테크노밸리유1센터 1110호
전화 070-8821-4312 | **팩스** 02-6008-4318
이메일 fandombooks@naver.com
블로그 http://blog.naver.com/fandombooks

출판등록 2009년 7월 9일(제386-251002009000081호)

ISBN 979-11-6169-243-2 (03810)

서랍의날씨는 **팬덤북스**의 가정/육아, 문학/에세이 브랜드입니다.

여자 오십
이제 조금
알 것 같습니다

서랍의날씨

여자 나이 오십.

치열한 사십 대를 보내고 맞이하는 오십은 안정적이고 편안한 삶을 사는 나이가 아닐까 생각했습니다. 하지만 막상 오십이 되고 보니 내세울 만한 뚜렷한 성과도 없고 남들이 부러워할 만큼 안정적이지도 않은 것이 현실이었습니다. 사십 대와 다르게 힘은 빠지는데 해야 할 일은 더 많은 나이 같기도 합니다. 사느라 외면했던 나를 돌아보며 즐겨야 할 나이에 힘든 상황을 마주하게 되기도 합니다. 기대와 달리 편안하지도 안정적이지도 않지만, 오십이라는 나이가 나쁜 것만은 아니었습니다.

여자 오십은 힘든 과정을 겪으며 마음을 다스리는 법을 새롭게 알게 되는 나이이기도 합니다. 오십 이전에는 가족과 주변 사람들을 먼저 생각하며 사느라 바빴습니다. 내가 없던 삶에서 자신을 먼저 돌아보며 아끼게 되는 변화된 삶을 살게 되는 것도 오십이 되고 나서부터입니다. 워킹맘으로 오십이 될 때까지의 삶은 치열함이었습니다. 그 치열함 속에서 느꼈던 감정을 나누고 싶었습니다. 비록, 개인적인 경험일지라도 나와 같은 누군가 있다면 서로 토닥이며 마음을 나누고 싶었습니다.

오십에 마주한 낯선 감정을 다스리며 소홀했던 자신을 돌아보고 싶었습니다. 부모와 자식 그리고 주변 사람들과의 관계에 대해 이야기 나누고 싶었습니다. 치열하게 살아온 시간이 헛되지 않았음을 새기며 오십 이후의 삶을 그려보고 싶었습니다. 《여자 오십 이제 조금 알 것 같습니다》를 쓰면서 그동안 미처 알지 못했던 많은 것을 깨달았습니다. 새로운 꿈을 꾸게 되었고 감사한 마음을 갖게 되었습니다.

때론 아프게 보낸 날도 있지만 많은 날을 꿋꿋하게 씩씩하게 살아왔으니 그 모든 시간이 앞으로의 삶에 보약이 될 거라 믿습니다. 오십의 나이에 들어선 모든 여성의 삶을 응원합니다.

❖ 차례 ❖

CHAPTER 2 　건강 ◇◇◇

마음 건강, 몸 건강을
챙겨야 할 때

◇◇◇

CHAPTER 3 관계 ◇◇◇

관계에 대한
재정의가 필요하다

CHAPTER 4 커리어 ◇◇◇

치열하게 쌓아온 경력,
이제 그만 포기해야 할까?

CHAPTER 5 **자아** ◇◇◇

 **나로 살아가기
딱 좋은 나이**

CHAPTER
1

감정
◇◇◇◇◇◇◇

감정의 소용돌이,
오십 대는 다 이래?

1

별일 없어도
외롭고 쓸쓸하더라

"사는 거 별거 아닌데, 순간순간 허전하고 쓸쓸하다."
"왜? 무슨 일 있니?"
"별일 없는 데 이따금 마음이 그래."
"마음이 왜 그럴까?"

늦은 밤, 친구가 보낸 메시지에 답하며 대화가 이어
졌다. 남들이 보기에 부족함이 없어 보이는 친구다. 그래서 많은 친구들이 그렇게 살 수 있었으면 하고 부러워한다. 그런 친구가 늦은 시간에 마음이 허전하다며 메시지를 보냈다. 그 기분을 짐작할 수 있어서 자세한 설명을 듣지 않아도 알 것 같았다. 별일이 없어도 허전하고 쓸쓸해지는 순간이 찾아올 때, 이유를 알 수 없어 당황스러운 경험이 나에게도 있기 때문이다.

치열하게 살다 보니 어느새 오십 대가 되었다. 성실하고 열심히 살았으나 어쩌다 공허감이 찾아올 때면 혼란스러운 감정을 맞이하곤 한다. 오십 대가 되었다고 더 새롭다거나 더 특별하게 느끼는 감정은 아닐 것이다. 두근거림과 설렘이 많았던 젊은 이십 대에도 외로움은 있었다. 사느라 바빠 주변을 돌아볼 여유가 없었던 삼십 대 또한 허전함은 있었다. 사십 대는 어땠을까? 뻥 뚫린 가슴으로 바람이 새 나가듯, 허전하고 쓸쓸한 감정이 최고에 이르렀던 것 같다. 오십 대가 되면 사십 대의 요동치는 감정의 소용돌이 속에서 빠져나와 마음의 방황이 얌전해질 줄 알았다. 하지만 그렇지 않았다. 오십 대의 감정이란 마치 순해 보이는 아이가 고

약한 성깔을 숨기고 있는 것과 비슷하다. 얌전한 모습으로 지내다가 이따금 고약하게 마음을 흔들어놓는다.

정호승 시인은 사람은 본래 외로운 존재라고 말했다. 하느님도 가끔은 외로워서 운다는데 사람은 오죽하랴. 외로워서 울기도 하고, 사람이니까 외로움을 견디며 살아가는 것이라고 했다. 순간순간 찾아오는 허전하고 쓸쓸한 이 감정은 어쩌면 오십 대가 되어서 느끼게 되는 외로움일지도 모른다. 연인과 이별했을 때나 가족에게 상처받았을 때도 외로움이 찾아온다. 일상에서 마주치는 사람과의 관계에서 발생하는 외로움은 수시로 찾아온다. 다행인 것은 원인을 알 수 있는 외로움은 그 원인을 발견하면 외로움도 자연히 해결된다. 하지만 허전하고 쓸쓸한 감정을 안겨 주는 원인 불명의 외로움을 만날 때도 있다. 허전한 감정을 돌아볼 여유도 없이 바쁘게 살았지만 외로운 순간은 그렇게 불현듯 찾아온다.

다행히 외로움은 나에게만 오는 것은 아니다. 누구에

게나 공평하게 찾아온다. 허전하고 쓸쓸한 마음이 들면 어떻게 해야 할까? 나 혼자인 것 같은 고독한 이 감정을 어떻게 채울 것인지 스스로 방법을 찾아야 한다. 불현듯 찾아와 마음을 온통 헤집어 놓더라도 단단하게 지키며 흔들리지 않는 것도 내 몫이다.

49세에 대장암 진단을 받은 뒤 오십 대의 반을 암 완치 판정을 받기 위해 보냈다. 몸은 날마다 힘들고 생각은 날마다 괴로웠으며 마음은 날마다 속상했다. 그렇게 암세포와 싸운 후에도 이따금 허전하고 쓸쓸한 감정에 시달리지만 그때마다 현명하게 잘 이겨내고 있다.

감정이 살아있다는 것은 건강하다는 증거다. 우리는 기쁘거나 슬프거나, 외롭고 허전한 상황에 따라 변하는 감정을 느끼며 산다. 그것은 몸과 마음이 지극히 건강해서 정상적으로 반응한다는 뜻이기도 하다. 몸이나 마음이 건강하지 못한 상태에서는 허전하거나 쓸쓸한 감정을 챙길 수 있는 여력이 없다. 감정보다 아픈 몸을

먼저 어루만져야 하니까. 어떤 때는 날씨 때문에 기분
이 우울해지기도 한다. 또 누군가로 인해 마음에 상처
받게 될 때는 유독 예민한 감정이 들 수 있다. 이유 없
이 공허해지고 외로워진 마음 때문에 울적해지기도 한
다. 이렇게 시시각각 변하는 마음을 그 시기에 겪는 과
정으로 받아들여 낯선 감정에 집중해보자. 건강한 마
음에 찾아오는 허전한 감정은 지극히 정상적이라 생각
한다. 요동치는 마음이 존재한다는 것은 젊다는 증거
이기도 하니까. 젊고 건강한 마음을 그대로 느끼면서
잘 다스렸으면 좋겠다.

2

내 마음이
내 마음대로 안 되다니

순간순간 찾아오는 외롭고 쓸쓸한 감정과는 차원이 다른 것이 찾아올 때가 있다. 그렇다고 우울증도 아니다. 사는 데 어떤 불만이 있다거나 무언가 부족해서 찾아오는 마음도 아니다. 마음이 내 마음대로 되지 않는 낯선 감정과 마주치게 되었을 때 어떻게 해야 할지 당황스럽다. 왜 그러는지, 무엇 때문인지 알 수 없어서 답답하기만 하다. 그럴 때는 마치 내가 아닌 다른 사람이 내 속에 들어와 있는 것만 같다.

그런 감정이 어쩌다 한 번 찾아온다면 견딜만할 텐데 시도 때도 없이 바뀌는 감정에 정신을 못 차릴 정도가 되면, 처음 경험하게 된 감정으로 난들 나를 모르겠으니 어찌해야 할지 방법을 찾기 힘들다.

예를 들면, 남편과 대화를 나누다가 아무 일도 아닌 것으로 감정이 상해서 갑자기 언성이 높아지기도 한다. 직장에서 일하다가 동료의 반응에 괜히 혼자서 기분이 상할 때도 있다. 아무 잘못도 없는 친구의 행동이 밉상으로 보일 때도 있다. 도대체 왜 그러는지 평소의 마음 상태로는 있을 수 없는 이해하기 힘든 상황이 된다.

이렇게 잘 지내다가 생각지도 못한 나의 엉뚱한 반응을 보였을 때 주변 사람들은 어떤 기분이 들었을까? 그렇다고 "지금 내 감정이 이상해."라고 설명을 할 수도 없다. 나도 무방비 상태로 당한 입장이니까.

살면서 겪은 일 중에 그렇게 이상하고 이해할 수 없

는 감정은 그때가 처음이었다. 짐작조차 되지 않는 감정에 휘둘렸던 시간을 생각하니 지금도 머리가 쭈뼛 서는 것 같다. 기분이 아주 좋았다가 아무런 이유도 없이 밑바닥으로 꺼져 내려가는 마음을 어떻게 설명해야 할까?

사십 대에서 오십 대로 넘어가는 시기에 스스로 조절하기 힘든 이상한 감정에 시달렸다. 마치 조울증 환자처럼 하루에도 몇 번씩 변덕을 부리는 감정에 내 마음이 내 마음대로 되지 않았다. 요동치던 감정 때문에 마음고생을 심하게 했다. 그러다가 의외로 마음의 평화를 쉽게 찾았다. 원인을 알 수 없어 답답하던 와중에 산부인과 정기검진을 받으러 가던 날이었다. 병원에 도착해서 미리 해놓은 검사 결과를 보고 계신 선생님과 마주 앉았다.

"특별히 이상은 없습니다. 혹시 다른 불편한 점이 있으신가요?"

"아픈 데는 없는데 마음이 내 마음대로 되지 않아서 아주 힘들어요."

의사와 환자 사이의 의례적인 대화였다. 선생님과 조금 더 대화를 나누고 갱년기가 시작되었는지 검사를 해보자고 하셨다. 검사를 위해 문진과 혈액검사를 진행했고 검사 결과를 확인하기 위해 일주일 후 선생님과 다시 마주 앉았다.

"완경되려면 조금 더 있어야겠고 갱년기도 아직은 아닙니다."
"그런데 제 마음은 왜 그럴까요?"
"아마도 갱년기가 마음으로 먼저 왔나 봅니다."

그런 것이었다. 생전 처음 느껴본 그 감정은 몸보다 마음으로 먼저 찾아온 갱년기였다. 그렇게 산부인과 정기검진을 통해 원인을 알게 되었다. 상담과 혈액검사를 통해 감정 조절에 도움이 되는 처방도 받을 수 있었다.

"내가 왜 이러는지 몰라~!"라고 시작하는 노래 가사가 생각난다. 내 마음을 나도 몰라 괴로웠던 시절은 나중에 알고 보니 갱년기가 시작되는 시점이었다. 몸의 변화로 나타나는 증상이 없었기에 그때는 갱년기가 왔을 것이라고는 생각하지 못했다. 또 갱년기가 오면 감정 변화가 그토록 심할 줄 몰랐기에 더 놀라고 생소하게 느껴졌는지도 모르겠다.

산부인과 정기검진을 다녀온 이후, 다스리기 힘들만큼 출렁이던 마음은 안정되었다. 감정 변화의 호된 경험으로 말로만 듣던 중년의 여성호르몬 변화에 대해 알게 되었다. 종잡을 수 없을 만큼 요동치는 마음을 진정시키는 일이 얼마나 힘든 일인지 몸소 체험했다.

감정의 급격한 변화가 자칫 삐딱한 행동으로 이어질 수도 있다. 순간의 감정을 이기지 못하면 가족이나 직장동료, 친구 관계도 어긋나게 될 수도 있다. 오십 대 여성이 겪는 감정 변화는 사춘기보다 더 예민해서 조심스럽게 보살펴야 한다는 것을 깨달았다.

모든 오십 대들이 다스리기 힘든 감정을 느끼는 것은 아닐 것이다. 내 마음을 내 마음대로 하기 힘든 상황도 모두 똑같지 않을 것이다. 하지만 주변의 많은 사람이 감정의 변화에 대해 어찌할 줄 모르겠다며 하소연하는 것을 보면 나만의 일만은 아닌 것이 분명하다.

가슴이 뻥 뚫린 거 같기도 하고 마음이 붕 떠 있는 거 같기도 하다고. 누가 잘못 건드리면 곧 폭발할 것 같기도 했다가 어느 순간 스스로 고요해지기도 한다. 이렇게 마음이 시시각각 변해서 감당하기 어려운 상황이 오래되면 어떻게 될까? 본인은 물론 주변 사람들에게도 상처를 줄 수 있을 것이다. 감당 안 되는 마음으로 의도치 않게 전해지는 감정 표현은 분명 좋지 않을 것이기 때문이다.

오십 대가 되고 호르몬 변화를 겪게 되면 감정 변화가 심하다. 감정에 휘둘리는 내 마음을 다독일 수 있는 것은 오직 '나'뿐이라는 생각이다. 낯설고 감당하기 힘들어도 결국은 내 마음속에서 일어나는 변화가 아닌가. 오십에 만나는 새로운 감정, 낯선 마음에 휘둘려보는 것도 나쁘지 않을 거라고 생각한다. 흔들리는 마음을 다지면서 새로운 나를 만나는 과정으로 생각한다면 그것도 나름 좋지 않겠는가?

감정의 소용돌이, 오십 대는 다 이래?

내 마음이 내 마음대로 되지 않을 때 아주 힘들었지만, 그 또한 다 지나가더라. 같은 마음을 겪고 있는 친구와 많은 대화를 나누는 것이 나에겐 도움이 되었다. 우연히 상담하게 된 산부인과 선생님의 처방으로 도움을 받기도 했다. 우리는 몸이 아프면 병원에 가서 치료받는 것을 당연하게 생각한다. 마음에 이상한 변화가 찾아와 감당하기 힘들 때도 병원을 찾아가는 것을 자연스럽게 생각했으면 좋겠다. 어떤 경우라도 내가 나를 다독이고 챙겨야 한다는 사실은 분명하다. 실컷 휘둘리고 아프게 마주하더라도 '그래 봤자 내 마음인걸.' 하고 툭툭 털어버린다. 결국 내 뜻대로 되지 않겠나.

3

남들은 부러워해도
자꾸만 작아지는 나

"너는 좋겠다~."

"뭐가 좋은데?"

"능력 있어서 아직도 직장 생활을 하고 있잖아."

"그게 좋은 건가?"

가끔 친구는 이렇게 부럽다고 말을 한다. 오십이 넘
도록 평범하게 직장 생활을 하고 있다. 그 모습이 다른 사람이 볼 때는 능력 있어 보이고 대단한가 보다. 하지만 능력이 있고 없고를 떠나서 나에게는 그저 밥벌이로 직장 생활을 유지했다고 해도 과언이 아니다. 자신의 능력을 키우고 자기 계발을 위한 직장 생활으로 부러움을 받을 상황은 아니라는 것이다.

만약 누군가 끌어주는 이가 있었다면 사회생활을 시작할 때 지금보다 조금 더 나은 내가 되어있을 것 같은 생각이 들 때가 있다. 뛰어난 능력이 없는 사회 초년생이 오로지 스스로의 힘만으로 좋은 직장을 얻기란 쉬운 일이 아니다. 힘없고, 배경 없고, 능력도 그저 그런 사회 초년생 시절에는 세무 분야를 배우고 싶었다. 그래서 세무 관련 업종을 기웃거렸고 세무 업무 보조를 시작으로 30년 동안 세무 법인에서 일하고 있다. 먹고 살기 위해 하는 일이었지만 일이 좋았다. 재밌고 즐거웠다. 힘든 시기도 있었지만, 그 시간도 지나고 보면 보람으로 다가왔다. 배우며 성장해가는 내 모습이 좋았고 직장 생활도 만족스러웠다.

30년이 넘는 시간 동안 습관처럼 직장 생활을 하게

된 나는 탁월한 선택을 한 것일까? 그야말로 습관처럼 반복적인 시간을 보냈다는 생각이 든다. 누가 시키지 않았지만, 졸업 후 직장인이 되는 것은 당연하게 받아 들였다.

직장에 다니면서 성실하고 열심히 살았다. 생소했던 일을 처음 접하면서 열심히 배우고 익히며 성장하는 내가 자랑스러웠다. 남들은 세무 업무가 재미없고 어렵다고 하는데 나는 모르는 것을 배우는 것이 재밌고 즐거웠다. 회사에서 인정받고 거래처에서 신뢰받는 내가 되어가는 과정이 뿌듯했다.

30년 넘게 유지해온 직장 생활에 대해 후회는 없지만 오십이 되면서 여러 가지 생각이 들었다. 규모는 작아도 전문적인 직종에서 오십이 넘도록 자리를 지키고 있다. 보는 기준에 따라 대단해 보일 수도 있으나, 꾸준하게 직장 생활을 이어 온 내 기준에서는 자연스러운 일이다. '직장 생활 30년, 이렇게 오랫동안 하게 될 줄이야.'

이런 생각을 하게 되면서 습관처럼 보낸 그 시간에 대해 생각했다. 그리고 친구의 부러움 섞인 말을 떠올렸다. 겉으로 보기에 그냥 좋아 보이기만 한 것일까? 현재의 자리에 오기까지 지난 힘든 시간은 보이지 않는 것일까? 다른 것을 포기하고 희생하며 노력한 시간은 생각하지 못하는 것일까? 그저 현재 직장 생활을 유지하고 있다는 것이 부럽기만 한 것일까?

미국의 연설가 헨리 워드 비처는 이렇게 말했다. 어느 분야에서든 유능해지고 성공하기 위해서는 타고난 천성과 공부, 그리고 부단한 노력이 필요하다고. 그가 말한 유능과 성공과는 결이 다르지만 오랜 직장생활의 유지비결도 공부하고 부단히 노력한 결과라는 것을 말하고 싶다.

지나고 보니 이토록 오랫동안 일하느라 포기해야 했던 누려보지 못한 시간에 대해 아쉬움이 크다. 친구의 부러움을 받으면서도 자꾸 뒤를 돌아보게 되면서 스스로 작아지는 현실을 마주하게 된다. 사십 대와 오십 대의 직장 생활은 많은 차이가 느껴졌다.

나이에 앞의 숫자만 바뀌었을 뿐인데 오십 대가 되면서 신체적으로 변화가 찾아왔다. 노안이 시작되고 기억력이 떨어지기 시작했다. 판단력도 흐려지고 한 번에 여러 가지 일을 하는 것이 힘들어졌다. 이런 상태로 직장 생활을 계속 해야 하는지 고민에 빠지기도 했다.

오십이 넘어가면서 변화를 맞이하게 된 몸 상태를 보면서 직장 생활에 대한 생각도 변하기 시작한 거 같다. 젊고 건강할 때는 일이 재미있고 즐거워 자신감이 넘쳤다. 그러나 오십이 되면서 일하는 부분에서도 스스로 나이가 들었다는 것을 느끼게 되었다. 앞서가지 못하고 일에 끌려간다는 느낌을 받기 시작하면서 자신감도 떨어졌다. 인정하고 싶지 않지만, 그것이 현실이었다.

재밌게 일하고 자신감이 넘쳤던 시절을 떠올려본다. 지금과 비교하면 일하는 면에서는 오히려 서툴렀던 것이 많았던 시절이다. 경험과 노련함으로 다져진 현재와는 비교가 되지 않는데도 그때보다 작아졌다고 느끼는 이유가 뭘까?

가장 큰 이유는 스스로 나이 들었다고 생각하는 것

이 아닌가 싶다. 여성에게 오십이라는 나이는 이렇게 직장 생활에 부담을 주기도 한다. 누가 뭐라 하지 않아도 스스로 나이에 대해 의식하게 되는 것은 어쩔 수 없다. 언제까지나 당당하게 즐겁게 일할 수 있을 줄 알았는데 스스로 작아지기 시작하다니 씁쓸한 현실이다. 고작, 오십이 넘었는데 아직은 좀 더 현역으로 지내고 싶다. 어쩌면 직장인 말고는 아무것도 아니라는 생각에 좀 더 일해야 한다고 매달리는 것 같다. 퇴사 후에도 당당한 나의 역할이 있고 내가 설 자리가 준비되었을 때 새로운 나를 만나게 되지 않을까? 지금까지 잘해온 것처럼 앞으로도 주눅 들지 말고 남들이 부러워하는 당당한 나의 모습으로 살아가야겠다.

4

마음이 초라해지면
자식 자랑

"오~

아들이 사준 옷을 입고~

아들이 사준 가방을 메고~

룰루랄라~ 집에 가시는 겁니까?"

어느 날 퇴근 시간에 내 모습을 본 직장동료가 했던 말이다. 듣고 보니 그랬다. 옷도, 가방도 아들이 사준 것이다. 아이들이 자랄 때는 옷 한 벌 마음 편히 사 입기가 쉽지 않았다. 나보다 아이들을 위하느라 나는 항상 뒷전이었다. 아마도 엄마들의 마음은 모두 비슷하지 않을까? 하나라도 자식들에게 더 해 주려고 애쓰며 자식들 잘 되기를 바라는 마음은 다 같을 것이다. 그렇게 애지중지 키운 아이가 이제 어른이 되었다. 대학을 졸업하고 어엿한 직장인이 되어 자기 몫을 제대로 하는 모습은 부모에게 뿌듯함을 안겨준다. 고마운 일이다.

나이가 오십이 되면서 몸의 여기저기서 아픈 신호를 보내오기 시작했다. 여전히 직장 생활 잘하고, 아이들 잘 자랐고, 가정에 별일 없으니 편안하게 즐겁게 사는 일만 남았다고 생각했다. 그런데 몸이 아프기 시작한 것이다. 모든 것에서 자유로운 나이가 되었는데 내 몸이 발목을 잡는 것이다. 몸이 아프면 만사가 귀찮아지고 마음도 가라앉는다. 한번 가라앉은 마음은 예전처럼 금방 회복되지 않아 자꾸만 움츠러들고 자신을 초라하게 만든다. 감정 기복이 심한 오십 대에 마음이 초라해지면 바닥으로 한없이 꺼져 들어가는 것이 문제다.

  몸이 아프거나 마음이 울적해 나 자신이 초라하다고 느껴질 때는 삶의 의욕마저 사라진다. 일상생활에 재미가 사라지고 처진 마음이 되면 그 여파는 고스란히 주변 사람에게 전파된다. 가족이든 직장동료든, 친구에게라도 우울한 감정이 전해지기 마련이고 분위기는 더 다운될 수밖에 없다. 나중에는 그런 분위기를 만드는 자신이 싫어서 사람들과 상대하는 것이 꺼려질 때도 있다.

  이럴 때는 더 깊어지기 전에 초라한 마음에서 빨리 벗어나는 것이 상책이다. 울적한 마음에서 벗어나는 방법은 자신이 가장 잘 알지 않을까? 이럴 때 나는 자식 자랑으로 힘을 얻곤 한다. 자식 자랑이라고 해서 거창한 자랑거리가 있는 것도 아니다. 그저 일상에서 자식으로 인해 얻어지는 작은 행복을 이야기하면 어느새 기분이 좋아진다. 또 기분이 밝아져서 초라한 마음도 사라진다. 자식 자랑. 나는 좋은데 들어주는 사람은 꼴불견이려나?

이왕에 자식 자랑 이야기가 나왔으니 얼마 전에 있었던 일화를 이야기해 보고자 한다. 오십 대가 되면 여기저기 아픈 곳이 많아지니 고쳐가며 살아야 한다고 말한다. 나도 예외가 아니어서 허해진 몸을 위해 한방병원을 방문한 적이 있다. 몸이 많이 약해져서 한약으로 기력을 보충해야 할 필요가 있다고 하셨다. 그리하여 생전 처음 보약을 먹게 된 것이다. 가족들에게 한방병원에서 들을 이야기를 설명하고 보약을 먹게 되었다고 말했다. 다음날 출근길에 아들이 보낸 메시지를 받았다.

"이게 뭐니?"
"엄마에게 주는 선물."
"갑자기 무슨 선물?"
"아프지 말고 건강하세요, 한약이든 필요한 노트북을 사든 필요한 데 써요."

이러면서 용돈이라고 하기는 많은 금액을 보낸 것이다. 출근길 지하철에서 그만 울 뻔했다. 몸이 부실해진 엄마를 지켜보며 안타까운 마음이 들었던 것일까? 엄마가 건강했으면 좋겠다고, 엄마 자신에게 집중하는 삶을 살았으면 좋겠다는 바람을 전해왔다. 아들 키우는 맛이 이런 것일까? 가끔은 아들도 요즘 애들처럼 개인적인 성향을 보여서 염려했는데 걱정하지 않아도 되겠다. 부모를 생각하고 배려하는 마음가짐을 확인하며 든든함을 느꼈다. 열심히 살았지만, 경제적으로 큰 힘이 되어주지 못해 미안한 마음이다. 최선을 다했지만, 현실은 늘 만족스럽지 못했다. 그런 부족한 환경에서도 잘 자라준 아들이 고마울 뿐이다.

아들에게서 받는 에너지가 크다. 가끔 저녁상을 차려주는 것도 고맙다. 글 쓰는 것을 좋아하는 엄마를 위해 책을 추천해 주기도 하고 책을 읽고 서로 의견을 나누는 시간도 좋다. 가끔 초라한 내 모습을 느낄 때면 잘 자라준 아들을 보며 힘을 얻는다. 엄마를 위하는 아들의 작은 행동이 위로가 된다. 이렇게 내 마음 달래기에 가장 좋은 방법의 하나는 자식 자랑이다. 하지만 나에게 힘이 되고 위로가 되어 자랑하더라도 상대방 입장을 살피는 것은 꼭 필요하다. 자식 자랑 늘어놓느라 들어주는 사람의 입장을 고려하지 않고 이기적으로 구는 것은 삼가야 한다. 서로 마음 불편한 시간은 되지 말아야 하니까.

타인과 좋은 관계를 유지하려면 자식 자랑은 금물이라고 했다. 자식 자랑은 팔불출이라고 했던가? 나를 이해해 주는 사람 앞에서 잠시 팔불출이 되면 좀 어쩌랴. 내 마음이 좋으면 그만이지.

5

마음이
잘 통하는 친구

안재욱이 부른 '친구'라는 노래가 있다. 가사를 보면 괜스레 힘든 날 턱없이 전화해서 이런저런 하소연을 해도 다 들어줘서 고맙다는 내용으로 시작된다. 한동안 이 노래가 좋아서 반복해서 들었던 기억이 난다. 가사도 좋고 감성적인 멜로디도 좋아서 푹 빠졌던 거 같다.

힘들 때 술 한 잔 기울일 수 있고 시간이 흘러도 변함

없이 옆에 있어 주는 친구라면 최고라 생각한다. 그런 친구와 함께라면 행복한 삶이라 할 수 있겠다. 인생 살아가면서 진정한 친구 한 사람만 있어도 성공한 삶이라고 하지 않던가.

가끔 늦은 시간에 전화하는 친구가 있다. 언제 들어도 반가운 목소리다.

"보고 싶어서 전화했어, 잘 살지?"
"그럼, 잘 살지~. 너도 잘 지내지?"
"늦은 시간에 전화해서 하소연하는 것 같아 미안하다."
"미안하긴 뭐가 미안해. 마음 터놓고 얘기하니 좋기만 하다."

늦은 밤 전화해서 미안하고 속사정 들어줘서 고맙다고 한다. 항상 자기가 먼저 나를 찾는 것 같다고 속상해하기도 한다. 친구가 많은 나는 멀리 있는 친구를 찾지 않아도 아쉽지 않을 거라고도 한다. 서로를 생각하는 마음은 똑같은데 친구는 왜 그런 마음을 가질까?

사람들과 어울리는 것을 좋아해서 친구들이 많았다. 자주 만나고 웃고 즐기던 사람들이 다 친구라 생각했다. 친구가 최고라는 생각을 하며 주변에 친구가 많아서 행복하다고 생각한 적도 있었다. 친구라 생각했던 사람들은 시간이 흘러 많은 것이 변하게 되자 지금은 소식조차 모르는 사람이 더 많다. 주변을 살펴보면 나만 그런 건 아닌 것 같다. 그때는 친구였지만 지금은 소식도 모르는 사이를 친구라고 이름 지어도 될지 모르겠다. 오십 대가 되면서 인간관계도 그렇지만 친구도 자연스럽게 정리되는 것을 느낄 수 있다. 필요에 의해 친구 관계를 유지해온 사람들이 걸러지고 진짜 친구만 남게 되는 것이다.

핸드폰에 수많은 연락처를 가지고 있다. 그중에 괜스레 전화해서 술 한 잔하고 싶다고 말할 수 있는 친구가 몇 명이나 될지 궁금해진다. 한때는 친구밖에 모른다고 불만 섞인 남편의 하소연을 들었던 시절도 있었다. 그렇게 좋아했던 옛 친구들은 다들 잘살고 있겠지?

나이 탓도 있고 코로나의 영향도 있겠지만, 자의 반타의 반 정리되어 인간관계가 많이 좁아졌다. 그런데 어쩐 일인지 아쉬운 마음이 없다. 젊은 시절 같으면 불안해질 만도 한데 전혀 그렇지 않다. 이제는 의무감으로 존재하는 관계보다 편안한 관계를 이어가고 싶은 마음이 더 크다. 명심보감에서 보면, '얼굴 아는 사람은 수도 없이 많으나 진정으로 마음을 알아주는 사람은 얼마나 되는가?'라는 구절이 있다. 얼굴을 알고 지낸다고 다 친구가 될 수 없고, 마음을 나누는 친구가 진정한 친구라는 말이다.

몸과 마음이 아파 친구들뿐만 아니라 사람 만나는 것을 피했던 적이 있다. 그 시간이 꽤 길어졌고 점점 사람들과 연락이 뜸해졌다. 사람들과 만남을 거부한 것은 나였으나, 시간이 갈수록 만나고 싶고 보고 싶은 마음이 커졌다. 하지만 나설 용기가 나지 않았고 자꾸만 작아지는 내 모습에 주춤거리게 되었다. 그런 와중에 전화해서 마음을 다독여주는 친구가 있었다. 또 다른 친구는 직장 근처로 찾아와 얼굴을 보고 가기도 했다.

어느 날은 퇴근 시간에 맞추어서 기다렸다가 저녁을 사준 친구도 있었다.

　사람을 만나는 것에 여전히 부담감이 있었지만 보고 싶은 마음을 알아주고 일부러 찾아와준 그 마음이 두고두고 고마웠다. 그렇게 나를 찾아준 친구들 덕분에 다시 사람들을 만나볼 용기가 생겼다. 말을 해야 마음을 안다고 한다. 하지만, 때로는 말하지 않아도 마음을 알아주는 친구가 있더라. 속내를 다 드러내지 않아도 "그래, 말하지 않아도 된다."라고 말해주는 친구. 있는 그대로 받아주는 친구가 있다는 것은 얼마나 감사한 일인가. 어느 때는 소주 한 잔 건네며 털어버리자고 할 때 마음속 깊이 고마움을 느끼게 된다. 또 가끔은 봇물 터지듯 속에 있는 모든 것을 털어내기도 한다. 그 모든 속내를 들어주며 세상사는 게 다 그런 것이라고 위로를 건네기도 한다. 너만 그런 것이 아니고 누구나 다 똑같다며 그렇게 살면 된다고 토닥여주기도 한다.

　오십이 되고 자연스럽게 관계가 정리되면서 소식이 끊어진 사람들이 많다. 서로 다른 사람이 만나서 마음을 알아주는 사이가 되려면 얼마나 많은 것을 나누고 함께 해야 할까?

어느 때는 친구라도 속내를 말하지 못할 때도 있다. 또 어느 때는 쏟아 붓듯 모든 것을 다 털고 싶을 때도 있다. 어떤 상황에서도 부담 없이 들어주고 토닥여 주는 친구가 있다면 성공한 인생이라 생각한다. 나이가 들수록 인간관계는 좁아지고 새로운 친구를 만나기는 더욱 힘들어진다. 지금 곁에서 친구가 되어주는 사람이 있다면 진심으로 좋은 관계를 유지하도록 노력해야 할 것이다. 마음은 넓게, 고마움은 깊게 전하며 서로에게 평생 친구가 되어주는 것은 어떨까?

모든 것을 가졌어도 친구가 없다면 사는 데 무슨 재미가 있을까? 살다 보니 내 몸 아픈 것만 생각하느라 주변을 잘 챙기지 못했다. 그런데도 변함없이 곁에 있어 준 친구들이 있다. 마음을 나누어준 친구들 덕분에 큰 힘을 얻었다. 이 자리를 빌려 몸이 힘들 때 용기를 주고 마음이 가라앉을 때 힘이 되어준 친구들에게 고마운 마음을 전한다.

6

서운함보다
너그러움이 커지는 나이

사십 대까지만 해도 부부간에 서운한 감정이 왜 그렇게 많았는지 모르겠다. 지금 생각하면 아무 일도 아닌 것으로 서운하고 마음에 상처를 남기곤 했다. 특히 아이들이 어렸을 때는 육아 문제로 서로 다른 생각 때문에 많이 어긋나기도 했다. 그 과정에서 서로에게 서운한 마음이 커졌고 때론 깊은 상처가 되기도 했다. 그때는 상대의 마음을 이해하고 배려하기 보다 내 마음을 먼저 알아주기를 바라는 게 컸던 거 같다. 내가 먼저 알아줬으면 좋았을 것을 그러지 못한 시절이었다.

　부부간에 사소한 일로 상처를 받게 되면 그 작은 상처가 아파서 마음의 문을 닫게 된다. 상처가 채 아물기 전에 다시 긁어대면 더 큰 상처가 되어 아무는 것도 쉽지 않다. 이런 상황이 반복되면 서로를 원망하는 마음이 커지고 서운한 감정이 쌓여간다. 남자와 여자가 느끼는 서운한 감정은 많이 다른 거 같다. 언젠가 남편이 서운하다고 말했던 일 중에 납득이 되지 않아 당황했던 적이 있다. 무슨 일이었는지 자세하게 기억나지 않지만, 요점은 이런 거다.

　누군가와 의견이 엇갈리는 상황에서 옳고 그름을 판단해야 하는데 나에게 어떠냐고 의견을 물었다. 나는 아주 객관적으로 생각하고 판단해서 의견을 말했다. 그런데 그 대답이 남편에게는 크게 서운함을 안겨주었다. 내 말이 옳다고 해도 그 대답은 남편이 아닌 상대편을 위한 대답이었다는 것이다. 간혹 이런 일이 생길 때마다 남편은 서운하디고 했다. 처음에는 내가 무엇을 잘못했는지 판단이 서지 않아 당황했다. 나중에는 대답을 미루거나 무조건 남편이 옳다는 판단을 내리기도 했다. 상황판단은 객관적으로 해야 하지만 무조건 내 편이 되어주지 않았다는 사실이 남편에게 서운함을 안겨준 거 같다. 시간이 지나고 나서야 지금은 그 마음이 이해되기도 했다.

　그렇다면 나는 언제 서운한 마음이 들었을까? 사소한 일로 서운했던 일이 많았지만 오래 담아두지 않는 편이다. 그래서인지 기억에 남을 만큼 서운했던 일이 얼른 떠오르지 않는다. 희미한 기억 속에 서운함이 컸던 일을 더듬어보니, 아마도 집안일을 도와주지 않는 것이 제일 큰 것 같다.

　아이들이 어렸을 때는 직장 생활을 하면서 집안일을 하는 것이 몹시 힘들었다. 그런데도 남편은 집안일을 거의 도와주지 않아서 마음 상하고 섭섭했던 기억이 난다. 외식을 싫어했던 일도 아주 서운했다. 가끔 지치고 힘들 때는 외식으로 한 끼 해결하고 싶을 때가 있다. 하지만 밖에서 사 먹는 것을 싫어하는 남편은 어쩌다 한 끼 사 먹는 것도 반가워하지 않았다. 그때마다 서운한 마음이 들곤 했었다. 그때는 왜 그랬을까?

　무조건 남편의 생각이 옳다고 해주지 못했던 것은 남편이 미워서가 아니었을 것이다. 그때는 그런 판단이 맞는다고 생각했기 때문이다. 젊을 때는 늘 내 편이 아니라고 불만 섞인 목소리를 듣곤 했는데, 지금은 무조건 남편의 의견을 따른다.

　남편 또한 많이 변했다. 밥 먹고 나서 "설거지는 내가 할게."라든가, 주말에 약속이 있는 경우 "청소는 내가 할 테니 잘 다녀와."라고도 한다. 요즘은 집안일을 나보다 더 많이 하는 것 같다. 예전에는 상상도 못 했던 외식도 먼저 가자고 나선다. 주말이면 집에서보다 밖에서 먹는 경우가 더 많다. 서운함을 먹고 자란 세월은 시간이 흐르면서 서로를 위하는 마음으로 성장한 듯하다. 서운함을 느끼기에 앞서 상대방의 입장을 먼저 생각하게 된다.

　상대에게 서운함을 느끼는 것과 너그러움을 베푸는

것은 어쩌면 상대적인 것인지도 모르겠다. 상대를 바라보는 나의 마음이 변하면서 상대방도 자연스럽게 변하게 된 것은 아니었을까? 반대로 상대방의 변한 행동을 보면서 내 마음이 변하게 된 것일 수도 있다. 함께 애쓰며 살아온 시간이 서로에게 짠하게 와 닿았을 수도 있다. 나이가 들면서 쌓였던 서운한 감정은 기억에서 멀어진다. 똑같은 행동으로 서운하게 하더라도 상대를 이해하려는 너그러운 마음이 서운함을 잠재우기 충분하다. 언젠가부터 남편에게 느꼈던 서운한 마음이 사라졌다. 오히려 고맙고 이해하는 마음이 커져서 놀랄 때도 있다. 내가 변한 것일까, 남편이 변한 것일까?

모든 행동에 '그럴 수도 있지.'라고 생각하면 이해 못할 일이 없다. 아웅다웅 살았던 젊은 시절에는 절대 가질 수 없던 마음. 오십이 되어서야 그것을 깨닫게 된다. 그래, 그럴 수 있지라고.

7

고집이 사라진 남편,
고마움만 커지네

사람들과 어울리기 좋아하는 나는 외향적인 성격이라고 생각하며 살았다. 그런데 나이 들수록 보수적이고 고지식한 성향이 드러나는 걸 확인하게 된다. 원래 그런 성격이었는데 숨기고 살았는지, 나이가 들면서 자연스럽게 노출되는 것인지 알 수는 없다. 확실한 것은 젊었을 때 남편의 성격이 맘에 들지 않아서 불만이 많았다는 것이다. 결혼 전부터 고지식하고 보수적인 성향인 건 알고 있었지만, 성격으로 부딪힐 때마다 답답한 마음이 컸다. 어쩌면 나와 똑같은 면을 보게 되면서 무의식적으로 반대의 성격으로 살고 싶었는지도 모르겠다.

남편은 살면서 감당하기 어려운 사고를 치거나 금전적으로 손해를 입혀서 불화를 만드는 일은 한 번도 없었다. 오히려 돈을 헤프게 쓰고 경제관념이 흐리다며 잔소리를 듣는 쪽은 항상 나였다. 돈을 지출하는 기준이 사람마다 달라서 어느 정도를 써야 알뜰하고 헤픈 것인지 다를 수밖에 없다. 그런데도 늘 본인의 기준으로 생각해서 잔소리를 들어야 했다. 특히 아이들에게 지출해야 했던 항목에 대해서는 서로 기준이 너무 달라서 항상 부딪히게 되는 부분이었다.

예를 들면 어렸을 때 어렵게 자란 나는, 할 수 있는 정도라면 아이들에게 뭐든지 해주고 싶은 마음이었다. 할 수 있는데도 못하는 것과 할 수 없는 상황이어서 하지 못하는 것은 다르다. 할 수 있는데 왜 못하게 하는지 도대체 납득할 수가 없어서 언성이 높아지고 마음을 다치기 일쑤였다.

남편의 입장은 늘 같았다. 아무리 할 수 있는 형편이더라도 어렸을 때부터 물질적으로 풍족한 생활에 길들이면 좋지 않다는 것이다. 그래 봐야 작고 소소한 것들일 뿐인데 너무 과한 의미 부여를 하면서 마음을 불편하게 만들곤 했다. 남편의 고집으로 아이들은 상실감을 느끼게 되는 경우가 많았다. 반복되는 상황에 아이들의 마음이 꺾이게 되는 것을 헤아리지 못하는 것이 속상하고 야속했다. 그때마다 남편은 남편대로 나는 나대로 합당한 이유가 있었다. 서로 자기주장이 맞는다고 우기며 고집을 부리는 일이 많았던 젊은 날의 기억이다.

나는 의견이 맞지 않아 마음이 상했다고 해서 삐지는 것을 무척 싫어한다. 반면에 남편은 맘에 들지 않으면 입을 닫아버리는 경우가 간혹 있다. 흔히 말하는 삐지는 것이다. 한집에 살며 모르는 사람처럼 대하며 말을 안 하고 산다는 것은 생각만 해도 숨 막히는 일이다. 그런 분위기를 극도로 싫어해서 제발 삐지는 일은 하지 말자고 당부하기도 했었다. 결혼 초에 심하게 삐진 일이 있었다. 각자의 주장도 세고 고집도 세서 양보하려는 마음이 없던 시절이었다. 거의 한 달 동안 말을 안 하고 보낸 적도 있었다.

처음에는 풀어보려고 애를 썼지만, 나중에는 될 대로 되라는 마음이 컸던 거 같다. 이렇게는 못 살겠다는 생각이었고 어떻게든 사달을 내야겠다는 생각뿐이었다. 서로의 고집을 알게 되고 받아들이기까지 속으로 치열한 전쟁을 치렀다. 고집부리고 삐져있던 시간은 서로에게 전혀 도움이 되지 않는다는 것만 확인한 셈이다.

그렇게 고집부리고 삐지기도 했던 젊은 날에 비하면 지금은 완전히 다른 사람과 사는 것 같다. 사람이 그렇게 변할 수도 있다는 것을 체험 중이라고나 할까. 남편의 주장이 강해 빨리 포기하는 것이 마음이 편하기도 했다. 그런 지난 시간을 떠올리면 도대체 어떤 계기로 이렇게 변했을까? 의구심이 생길 정도다. 지금은 크고 작은 결정을 해야 할 때 무조건 내가 좋으면 다 좋다는 식이다. 모든 것을 내 마음이 편한 대로 결정하라는 것이다. 도대체 무슨 일이 있었던 것일까?

언젠가 궁금해서 물어본 적이 있다. "어떤 계기로 사람이 그렇게 변한 거야?"하고 물으니, "나이 들어서 그래."라고 대답하더라. 오십이라는 나이에 접어들면서 세상을 대하는 내 마음도 많이 변했다. 남편은 나보다 더 빠르게 오십이라는 나이를 맞이했다. 오십이라는 나이로 인해 사람이 그렇게 변하게 된 것일까? 자기주장이 강했던 고집도 꺾게 만드는 나이라니 오십은 그런 나이인가 보다.

오십을 일컬어 '지천명'이라고 한다. 하늘의 뜻을 알아차린다는 뜻으로 50세가 되면서 객관적이고 보편적인 성인의 경지로 들어섰음을 의미한다. 어쩌면 오십이라는 나이가 되어서야 자연스럽게 주관적인 삶에서 객관적인 삶으로 바뀌게 되었는지도 모른다. 자기 고집은 줄어들고 상대방을 배려하는 마음으로 바뀌게 되었다는 것은 긍정적이고 좋은 변화라 할 수 있다.

간혹 나이가 들수록 고집은 더 세지고 자기밖에 모르는 사람 때문에 힘들어하는 경우를 보게 된다. 자기주장을 강하게 내세우며 고집을 부리는 상대로 인해 상처받은 경험이 있을 것이다. 상처를 주는 사람도 받는 사람도 고집부리다가 어떤 변화 없이 끝난다면 전혀 도움이 되지 않는다. 가정이나 사회에서도 마찬가지다. 고집을 부리기 전에 상대의 입장을 한 번 더 생각해보면 어떨까? 분명히 배려하는 마음은 커지고 고집부리는 일은 줄어들 거라 생각된다.

오십이라는 나이를 맞이하게 되면서 남편도 나도 많은 변화를 겪게 되었다. 무엇보다 나만 옳다는 생각에서 벗어나 상대방을 먼저 배려하는 자세로 바뀌었다는 것이 가장 큰 변화다. 절대 변할 거 같지 않은 고지식함을 버리고 객관적인 사람으로 변한 남편에게 고마운 마음을 전하고 싶다. 내 고집만 내세우기보다, 때에 따라 상황에 따라 변해가는 모습도 보기 좋다. 나이 들어가면서 유연한 모습으로 변해가는 것은 서로에게 좋은 일이라 생각한다. 고집이 사라진 남편에게 갈수록 고마운 마음이 커진다.

8

오십 대가 되면
다 이런 마음일까?

나이는 숫자에 불과하다고 했던가. 사십 대에서 오십 대로 넘어가면서 앞의 숫자 하나 바뀌었다고 내 삶에 큰 변화가 찾아올 거란 생각은 하지 않았다. 늘 하던대로 직장생활을 하면서 조금 늘어난 나의 시간을 즐기면서 살면 될 것이라고 생각했다. 얼마나 태평스러운 생각이었는지 깨닫는 데는 많은 시간이 걸리지 않았다.

마음이 먼저 알아차린 갱년기로 인한 출렁거림은 지금까지 살아온 내 삶의 전체를 돌아보게 했다. 여유롭게 잘 살던 친구의 감정에 휘둘리는 하소연을 들으면 마음을 다지는데 잘 살고 못 살고 차이가 없다는 것을 확인했다. 아무리 자식 자랑으로 허해진 마음을 달래며 작아지는 나를 일으켜 세워도 의지와 다르게 자꾸 꺼지는 마음을 경험했다. 마음이 통하는 친구를 만날 때면 세상에서 친구가 최고인 것처럼 좋았다. 하지만 어느 순간 서운한 마음이 생길 때면 친구는 만나서 뭐 하나 싶은 마음이 오락가락하기도 했다. 나이 들면서 철이 드는지 아내를 위하는 마음이 커지는 남편이 고마웠다가, 한순간 또 차갑게 식어버리기도 했다.

요동치는 마음이 사춘기보다 더하면 더했지, 조금이라도 덜하지는 않을 것으로 생각한다. 오십이라는 나이는 앞의 숫자만 바뀐 게 아니었다. 마음을 통째로 흔들어대며 삶에 대해 다시 바라보게 했다. 사춘기보다 무서운 갱년기를 만나면서 감당하기 힘들 만큼 어수선한 마음으로 오십 대를 시작했다.

주변을 살펴보면, 오십 대에 접어들어서 어느 정도 먹고 살 만큼 안정적으로 자리를 잡는다. 독립한 자녀와 함께 보내는 것보다 부부간의 시간을 더 많이 보내기도 한다. 자녀의 결혼 문제와 부모님의 건강 문제로 가장 많이 신경 쓰는 시기이기도 하다. 자신을 돌보기보다 자녀와 부모를 보살펴야 하는 위치에 놓여있는 것은 여전하다. 오십 대가 되었다고 예전만큼 어른 대접을 받을 수 있는 것도 아니다. 여전히 경제활동을 멈출 수도 없는 상황이다.

자녀와 부모를 보살피면서 본인의 노후까지 준비해야 하는 현실이다. 언제까지 직장 생활을 할 수 있을지 보장이 없으니 은퇴를 준비해야 하는 시기이기도 하다. 오십 대가 되면서 급격하게 나빠지는 것이 건강이다. 이토록 치열하게 해야 할 일이 많은 나이인데 건강에 이상이 생긴다면 큰일이 아닐 수 없다.

남자와 여자의 오십 대는 서로 다른 듯하다. 남자는 나이가 들면서 안으로 향하고 여자는 밖으로 향하는 것을 볼 수 있다. 남자는 가정을 더 가까이 살피고 여자는 친구를 더 좋아하게 된다. 다시 학창 시절을 만난 듯이 친구를 찾는 아내의 행동은 남편을 불편하게 만들기도 한다. 오십 대가 되어 친구를 찾는 여자들의 마음은 현실적으로 자유롭지 못한 지난 생활의 답답함을 해소하는 것이 아닐까? 가족을 우선으로 생각하고 살다가 자녀들이 성장하고 난 후 이제야 해방감을 느끼며 자유를 만끽하고 싶은 것으로 생각한다. 그런 과정에서 갑자기 변한 것 같은 아내의 모습에 남편이 놀라고 걱정하는 경우가 생기는 것이다.

만약 지금도 아내가 변했다고 걱정하는 누군가 있다면 걱정하지 않아도 된다고 말하고 싶다. 지난 세월 열심히 살아온 아내의 삶에 보상받는 시간이라 생각해 주면 좋겠다. 지금은 친구를 더 좋아할 뿐이다. 어느 순간 자연스럽게 돌아올 것으로 믿는다.

"가족과 함께 있어도 혼자 있는 것처럼 외로운 생각이 들어."

"마음이 텅 빈 것처럼 허전한 마음이야."

"가족이고 자식이고 다 소용없다는 생각도 든다."

친구들을 만나면 우리 나이가 그런가 보다 하면서 마음을 주고받는다. 오십 대의 여성들은 여러 가지로 혼란스러운 과정을 경험하게 되는 거 같다. 나도 그런 과정을 경험하며 많은 생각을 하게 되었고 실제로 삶이 바뀌기도 했다. 인생이 허무하게 느껴질 수 있는 오십 대에 이르러 마음을 단단히 하지 못한다면 그 틈으로 우울증이 찾아올 수도 있다.

허술한 마음을 호시탐탐 노리는 우울증, 허무감, 공허감 등등 건강하지 못한 감정이 새어들지 않게 단속해야 한다. 한번 빠져들기 시작하면 걷잡을 수 없이 헤매게 될지도 모른다.

오십 대는 어른이 되어서 겪는 가장 혼란스러운 시기라 생각한다. 마음이 하늘만큼 높이 솟아올랐다가 지하로 꺼지는 상황이 낯설고 힘들다. 사춘기를 얌전히 보냈다면 더 혼란스러운 감정일 것이다. 나 또한 엉뚱한 짓이라도 서슴없이 해내고 말 것 같은 도발적인 마음을 감당하는 것이 몹시 힘들었다.

살면서 오십이라는 나이를 건너뛰고 갈 수는 없다. 그 또한 과정이라는 말이다. 자신을 사랑하는 만큼 널뛰듯 감당하기 힘든 마음도 잘 다스려야 할 것이다. 오십 대인 당신의 마음이 궁금하다. 다른 사람보다 더 요란한 마음으로 오십 대를 시작했다면 그 또한 감사하기를 바란다. 자신을 더 많이 살피는 기회가 될 테니까.

CHAPTER
2

건강

◇◇◇◇◇◇◇

마음 건강, 몸 건강을
챙겨야 할 때

1

나만 억울한
갱년기?

어쩌면 갱년기가 좀 억울할 수도 있겠다. 오십 대인 친구들이 만나면 무슨 일이 생길 때마다 갱년기 때문이라고 핑계를 대곤 한다. 약속에 늦게 와서도 "갱년기 때문에 늦었어."라고 한다. 뭔가 일을 제대로 해내지 못했을 때도 이것이 다 갱년기 때문이라고 둘러대기도 한다. 물론, 농담으로 주고받는 이야기지만 그만큼 갱년기는 오십 대 여성과 떼려야 뗄 수 없는 존재다.

나에게 찾아온 갱년기는 몸의 변화보다 마음의 변화가 더 심각했었다. 굳이 신체적 변화를 말하자면 머리에서 비 오듯 흐르는 땀이 전부였다. 흔히 말하는 열감이나 안면홍조 현상은 일어나지 않았다. 하지만 마음으로는 말로 표현할 수 없을 만큼 혼란스러운 상태를 맞이하기도 했다. 마음이 이상해서 어쩌면 더 빨리 알아차렸는지도 모르겠다. 어떤 이는 등이 뜨거워서 겨울에도 찬 바닥에 누워 열을 식힐 만큼 심한 열감이 찾아왔다고 한다. 또 어떤 이는 심장이 벌렁거려서 잠을 잘 수 없다고 호소하기도 한다. 직장 생활을 하는 어떤 이는 안면홍조 증상이 심해서 사람을 만나기가 불편하다고 했다.

눈으로 보이는 증상 외에도 갱년기로 인한 불편함은 아주 많다. 불면증으로 밤을 새우는 경우도 허다하고 가슴이 두근거려서 불안해하는 사람도 있다. 갱년기 증상은 사람마다 달라서 셀 수 없을 만큼 다양한 증상을 보인다. 안면홍조, 열감, 짜증, 불안감, 불면증 등 심한 경우 일상생활이 힘들 정도로 심각한 경우도 있다고 한다. 다행히 나에게 마음으로 찾아온 갱년기는 병원에서 처방받은 약으로 잘 해결할 수 있었다. 심할 때 도움을 받은 이후에도 시시때때로 출렁이는 마음에 시달리는 것은 한동안 계속되기도 했다.

갱년기는 겪는 기간도 제각각 다르다. 1년에 끝나는 경우도 있고 길게는 10년 동안 반복적인 증상으로 괴롭히는 경우도 있다고 한다. 갱년기를 겪지 않는 여성도 분명히 있을 것이다. 얌전히 찾아와서 소리 없이 지나간다면 얼마나 다행스러운 일일까?

갱년기가 찾아오는 시기를 계절로 치면 환절기라고 표현한 구절을 어느 책에서 봤다. 계절과 계절 사이의 예민한 기간 환절기에는 몸과 마음이 상하지 않게 특별히 신경 써야 한다. 환절기에 접어든 오십 대 여성도 특별히 보호받아야 하는 것은 아닌지 모르겠다.

언젠가 남편이 그러더라. "갱년기가 벼슬이야? 도대체 언제까지 갱년기 타령을 할 거야?"

무슨 말만 하면 갱년기라고 한다는 말에 이렇게 대답했다. "갱년기 맛을 알아? 겪어보지 않았으면 갱년기에 대해 말을 하지 마세요."라고. 갱년기가 벼슬은 아니지만 갱년기를 핑계 댈 수밖에 없을 만큼 마음이 요란스러운 것을 어쩌란 말인가? 갱년기를 겪지 않았다면 도저히 알 수 없는 감정이다.

　남자도 갱년기를 겪는다고 한다. 대부분 여자보다 증상이 심하지 않아서 그렇지, 남자나 여자나 갱년기가 찾아오는 것은 똑같다고 한다. 마음이 심란할 때마다 갱년기 타령을 하는 나에게 남편이 말했다. 갱년기라고 너무 신경 쓰지 말고 무심한 듯 모른 체 하라고. 그냥 자연스럽게 몸에 변화가 생겼다고 생각하고 있는 그대로 받아들이라고. 그러면서 생각을 자꾸 자신에게 두지 말고 다른 곳으로 옮겨보라고 했다.

　맞는 말이다. 하지만 머리로는 이해가 가지만 마음처럼 쉽게 되지 않는다. 갱년기 증상이 무심하게 내버려두게끔 가만있지 않기 때문이다. 자꾸만 몸과 마음을 괴롭히니 당하지 않고는 배겨 낼 수가 없는 것이다. 같은 증상을 겪는 사람이나 그 고통을 알지, 겪지 않으면 아무도 몰라준다는 것이 야속하게 느껴지기도 한다.

　언제까지 계속될지 모르는 갱년기 증상에 끌려다니

기 싫어서 남편의 말대로 모른 체 하기로 마음먹었다. 나에게 집중했던 시선을 다른 곳으로 돌리기 위해 좋아하는 것을 찾기 시작했다. 친구들을 만나 즐거운 수다를 떨기도 하고 한참 등산에 재미가 생겨 열심히 산에 오르기도 했다. 머리에서는 비 오듯 땀이 흘려내려도 정상에 올라서면 후련하고 기분이 좋았다. 마음에 휘둘리지 않게 적극적으로 노력한 결과로 많은 변화가 생겼다.

오십 대 여성에게 찾아오는 갱년기는 피할 수 없는 과정이다. 피할 수 없다면 부딪혀야 한다. 지치지 않고 이겨내기 위해서는 갱년기에 휘둘리지 않도록 마음이 강해져야 한다. 갱년기라고 징징대며 좀 알아줬으면 해도 아무도 알아주지 않는다.

결국은 스스로 이겨내는 것이 답이다. 지나고 보니 남들이 무시하는 갱년기에 스스로 빠져들지 않는 것이 중요하다. 내 몸에 찾아온 갱년기를 자연스럽게 맞이하자. 평소의 내 모습으로 좋은 생각과 즐거운 마음으로 생활한다면 별 탈 없이 잘 보낼 수 있지 않을까?

2

갱년기,
전문가의 도움이 필요해

정기검진을 위해 산부인과를 방문했다가 갱년기라는 사실을 확인하게 됐을 때, 갱년기가 몸의 변화보다 마음으로 먼저 올 수 있다는 것도 처음 알게 되었다. 도저히 말로는 설명이 안 될 만큼 마음이 내 마음대로 되지 않았던 것도 갱년기 증상의 일부라고 했다. 진단해 주신 선생님 덕분에 마음으로 찾아온 갱년기를 다스릴 수 있도록 호르몬제 처방을 받아 도움을 받았다.

처음에는 호르몬주사를 맞았다가 부작용이 생겨서 고생했다. 호르몬주사의 부작용은 온몸에 두드러기가 발생하는 것으로 나타났다. 가렵고 피부가 부어오른 증상 때문에 부작용에 대한 처방을 다시 받아야 했다. 호르몬주사가 나에게 맞지 않았던 것이다. 부작용을 치료한 후 약 처방으로 바꾸었다. 호르몬제이긴 하나 주사 대신 약으로 바꾼 것이다. 약에 대한 부작용은 발생하지 않아서 다행이었다.

여성에게 갱년기는 자연스러운 과정이라고 생각한다. 완경 전후에 찾아올 수 있는 현상으로 여성이라면 누구나 겪는 과정이다. 나는 49세에 갱년기를 맞이했다. 아직 완경이 되기 전이었지만 갱년기가 먼저 찾아왔다. 요동치는 마음 덕분에 자세한 검사를 받게 되었다. 완경의 시기와 갱년기의 진행 과정을 혈액검사로 확인할 수 있다는 것은 신기한 경험이었다. 미리 완경 시기와 갱년기의 진행 정도를 파악할 수 있으니 대비하기도 좋다.

여자로서 산부인과에 가는 것을 좋아하는 사람은 없

을 것이다. 나 또한 산부인과 진료를 받는 일이 즐겁지 않다. 하지만 내 몸을 살피는 일이니 어쩔 수 없는 일이다. 산부인과에서 진행된 검사를 통해 49세에 갱년기의 상태를 확인했고 진행 과정에 맞게 대비했다. 2년 후 완경이 되기까지 정기적인 검진을 통해 마음의 준비를 할 수 있었다.

그래서 어느 정도 예상을 했기에 완경이 되어도 당황하지 않았다. 처음에는 여자로서 이제는 끝인가 싶은 생각에 약간 서운한 마음도 들었지만, 시간이 지날수록 오히려 홀가분해졌다. 완경소식을 들은 친구가 말했다. "한 달에 한 번씩 겪어야했던 불편함과 임신의 불안감에서 해방된 것을 축하해." 듣고 보니 틀린 말은 아니다. 긍정적으로 생각하면 나쁠 것도 없다.

오십 대가 되어도 산부인과 진료는 여전히 불편하다. 여성으로 건강한 삶을 살기 위해 정기적인 검진은 꼭 필요하다. 나이 들어 몸이 아픈 것만큼 서러운 일은 없기 때문이다. 서러운 몸이 되지 않으려면 예방하는 것이 최선이다. 병원에 가기 싫다고 검진을 미루고 미루

다가 아픔이 찾아온 후에는 이미 늦다. 나이 들수록 내 몸은 내가 지켜야 한다는 사실을 기억하자.

갱년기가 찾아온 후 몸의 변화로 힘든 시간을 보내고 있다면 전문가의 도움을 받아보기를 권하고 싶다. 혼자서 힘들게 참고 버티는 것이 능사는 아니라 생각한다. 호르몬의 변화로 인해 몸이 변해가는 과정을 어떻게 막을 수 있겠는가? 적극적으로 전문가의 도움을 받는 것도 현명한 선택일 것이다.

몸으로 변화가 나타나지 않는 한 갱년기가 시작되었는지 알 수 없는 경우가 많다. 특히 완경이 안 된 경우라면 분명하게 알 수 없으니 몸의 변화를 관찰하는 것도 중요하다. 완경이란 월경이 완전히 끊긴 상태로 보통 12개월간 월경이 없으면 완경이라고 본다. 완경 전이라도 흔하게 나타나는 갱년기 증상으로 열감, 안면홍조, 불면증, 불안, 초조, 수족냉증 등 다양한 변화를 느끼게 된다면 갱년기의 시작이라는 것을 알 수 있다. 몸으로 느끼지 못할 경우 완경이 되지 않았더라도 미리 검진을 통해 대비하는 것도 필요하다.

갱년기 증상은 몸의 변화뿐만 아니라 마음의 변화 또는 외모의 변화로도 나타날 수 있다. 갱년기 증상은 사람마다 다양하게 나타난다. 완경 전후의 몸에 이상한 변화가 느껴진다면 그것이 갱년기 증상인지 꼭 확인할 필요가 있다. 간혹 다른 질병에 의한 증상을 갱년기 증상으로 간주하여 치료시기를 놓치는 일이 생길 수도 있기 때문이다. 그런 면에서 완경 전후의 여성이라면 갱년기 증상에 대한 검진은 병원을 방문하여 정확한 진단을 받아보기를 바란다. 또한 여성호르몬의 감소로 인해 심한 경우 기분장애와 갱년기 우울증이 생길 수 있다고 한다. 이런 경우에 산부인과 치료가 도움이 될 수 있다고 하니 혼자서 힘들어하지 않았으면 좋겠다.

50세 이후는 여성호르몬의 변화로 몸의 변화가 많은 시기이기도 하다. 평소의 건강관리를 위한 자신의 노력과 생활습관이 건강에 반영되는 시기라고 한다. 긍정적인 사고와 꾸준한 관리로 완경 이후의 삶도 야무지고 건강하게 살아가길 바란다.

마음 건강, 몸 건강을 챙겨야 할 때

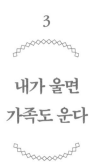

3

내가 울면
가족도 운다

얼마 전에 서럽게 울었던 날이 있었다. 좋은 사람들
과 맛있는 음식을 먹고 기분 좋게 술도 한잔했던 날이
었다. 집으로 돌아가는 길에 격하게 몰려왔던 서글픔
을 주체할 수 없어서 눈물이 났다. 뭐가 그리 서글펐을
까. 멈추지 않는 눈물 탓에 참지 못하고 남편에게 전화
했다.

"좋은 시간 보냈는데 왜 이렇게 속상하지? 자꾸 눈물이 나."

"왜 그래? 무슨 일 있었어? 왜 울어?"

누구에게라도 치밀어 오르는 감정을 쏟아내고 싶었다. 남편의 목소리를 들으니 감정이 더 복받쳐 올랐다. 울면서 속상한 마음을 쏟아냈다. 전화를 받는 입장에서는 얼마나 놀랐을까? 어디냐고 묻더니 바로 나와 주더라. 평소에 그렇게 빨리 행동하는 것을 본 적이 없는데 처음 당하는 일에 놀라긴 했나 보다.

아마도 결혼해서 사는 동안 이런 일은 처음이지 싶다. 어지간하면 내색하지 않고 알아서 해내는 편이라 힘든 일이 있어도 어느 정도 정리된 후에 말하는 경우가 대부분이었다. 그런 내가 그날은 왜 그랬는지 지금도 이해할 수가 없다.

늦은 밤 귀갓길에 서러운 마음이 들었던 것은 좀 억울한 느낌이 들어서였을까? 억울하다는 감정이 자리 잡기 시작하니 걷잡을 수 없이 서러워지더라. 술기운에 억울해서 서러워진 마음이 분출했던 것이리라. 아마도 가장 만만한 남편이라면 다 받아줄 거란 믿음이 있었으리라. 그러니 한 번도 하지 않던 행동을 했겠지.

뭐가 그리 억울하고 속상했는지 지난 시간을 돌아보았다. 최근 몇 년을 돌아보면 하루하루가 힘겨웠다. 그렇게 열심히 살아온 나에게 대장암이 찾아왔다. 나보다 더 치열하게 사신 친정엄마는 위암이었다. 성실하게 살아온 시아버지에게 한꺼번에 찾아온 여러 가지 질병은 병원에 오가느라 정신을 못 차리게 했다. 그럼에도 몰아치는 삶은 계속되고 있었다. 잘 견디고 이겨내면 좋은 날이 올 거라는 마음으로 무너지지 않으려고 애썼다. 힘든 마음을 스스로 다독이며 조금만 참자고 생각하며 견딘 시간이었다.

나를 힘들게 하는 많은 일에 대해 '왜 나에게 이런 일이 생겼을까?'하는 생각은 하지 않으려 애썼다. 일부러 무시하며 보내기도 했다. 참고 다독이며 잘 지냈다. 많은 일이 생겨도 이 또한 지나가리라는 믿음으로 보냈던 시간이다. 그렇게 꿋꿋하게 버티며 살고 있는데 좋지 않은 상황이 계속되면서 졌다는 생각이 들었다. 어디까지 참을 수 있는지 나를 시험하는 듯했다. 참고 다 받아주니 바보로 아는 건가 싶기도 했다. 처음부터 화내고 악을 쓰며 억울하다고 거부했어야 했나 보다. 상황은 여전하고 생각만 많아졌다. 억울하기도 했다가 반항심이 생기기도 했다가 포기하는 마음이 되기도 했다.

그렇게 바보처럼 참느라고 보살피지 못한 감정이 차고 넘칠 만큼 쌓였다. 다독였던 마음에 억울한 생각이 비집고 들어오니 한순간에 와르르 무너졌다. 약해질 대로 약해진 마음은 결국 서럽고 억울한 감정으로 폭발했다. 왜 그렇게 바보처럼 살았을까. 약한 모습을 보여도 상관없을 텐데 왜 그렇게 참고 참았을까.

젊은 시절에는 남편의 생각과 내 생각이 다른 부분이 많았다. 다르다는 것을 받아들이지 못하고 불만으로 쌓여갔다. 다툼이 싫었던 이유로 참기 시작한 것은 아니었을까. 한 번 두 번 참다 보니 습관이 된 것은 아니었을까.

살면서 성격도 변하더라. 젊은 시절 달랐던 부분이

나이 들고 보니 이해 못 할 일이 없다. 함께 보낸 세월만큼 서로에게 익숙해지고 다듬어진 것이리라. 생각이 달라 부딪히며 다투더라도 결국에는 내 편을 들어줬다는 사실을 뒤늦게 깨닫는다. 내가 무심코 던진 말 한마디에도 신경을 쓰고, 아파했던 마음을 기억하며 함께 아파했다는 사실도 나중에야 깨닫는다.

감정이 서러움으로 변해서 감당하기 힘들어질 때까지 참지 말아야 한다. 흘러서 넘치기 전에 감정도 해소해야 한다. 내가 아프면 나를 바라보는 가족도 아픈 마음이 된다.

내가 울면 가족이 함께 운다. 감정이 복받쳐 울음으로 변하기 전에 마음을 달래는 방법을 찾아야 한다. 가족에게 상처 주기 싫어서 무조건 참고 사는 것은 어쩌면 더 큰 상처를 안겨주게 될지도 모른다. 어떤 모습을 하더라고 있는 그대로 받아줄 수 있는 것이 가족이다. 그때는 왜 몰랐을까. 가족은 늘 나와 함께였다는 것을 새삼 깨닫는다. 서럽게 울고 난 후에 말이다.

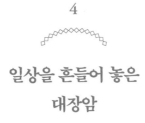

일상을 흔들어 놓은
대장암

아침에 일어나면 가장 먼저 화장실에 가는 것은 내 오래된 습관이다. 그날도 변함없이 화장실을 향했고 볼일을 본 후 변기를 확인하는 순간 잠이 확 깰 만큼 깜짝 놀랐다. 변기가 온통 빨간색으로 변해 있었기 때문이다. 눈을 비비고 다시 봐도 변기에 가득 찬 빨간색 물은 그대로였다.

'아, 이게 뭐지? 왜 이러지?'

놀란 마음을 진정하고 상태를 파악하기 시작했다. 이 것이 말로만 듣던 혈변인가? 그런데 왜 갑자기 혈변이 지? 변비도 없고 아픈 데도 없는데 뭐가 잘못된 거지? 혼자 많은 생각을 했던 아침이었다. 출혈 상태를 확인 해 보기 위해 잠시 출근을 미루고 지켜봤다. 혈변이 계 속되면 병원을 가려고 했지만, 다행히 혈변은 멈췄고 늦은 출근을 했다.

마침 업무적으로 바쁜 시기여서 결근하기도 힘든 상 황이었다. 쌓여 있는 일을 처리해야 한다는 생각에 마 음이 바빴다. 아침에 보았던 혈변은 잊고 일하기 바빴 던 하루를 보냈다. 그런데, 다음 날 아침 똑같은 상황이 발생했다. 혈변이 반복되었다. 어제와 똑같은 상황은 뭔가 이상하다고 느끼게 하였고 마음이 불안해졌다. 3일째가 되어도 아침마다 반복되는 혈변으로 결국 병 원을 찾아갔다. 증상을 듣고 심각하다고 판단한 의사 는 당장 입원하라고 권유했다.

하지만 바쁜 일을 처리해야 하는 현실적인 문제로

당장 입원하지는 못했다. 일주일 후 입원하였고 여러 가지 검사를 진행했다. 검사 결과 대장암이라는 진단을 받았는데 전혀 실감이 나지 않았다. 남의 일처럼 느껴져서 와 닿지 않았었다. 그날 이후 벌써 5년이 지났다.

나에게 찾아온 대장암은 혈변으로 시작되었다. 다행스럽게도 혈변으로 증상을 알려주었기에 조기에 발견되었으니 감사한 일이다. 동네 종합병원에서 대장암 진단을 받았지만 믿을 수 없는 마음에 대학병원으로 옮겨 검사를 다시 했다. 결과는 같았고 받아들여야 하는 현실이 되었다. 의사 선생님의 설명을 듣고 수술을 결정했지만, 하반신 마취를 하고 시도했던 국소 절제술은 실패했다. 암의 뿌리가 생각보다 깊이 자리잡고 있다는 것을 확인했을 뿐 마취까지 했지만 수술하지 못했다. 결국 개복수술을 하는 것으로 변경했고 수술하기까지 퇴원과 입원을 반복해야 했다. 우여곡절 끝에 진행된 개복수술은 복부를 16cm 절개하고 직장을 23cm 절제한 후 잘 봉합하고 수술이 마무리되었다.

마음 건강, 몸 건강을 챙겨야 할 때

암은 병기도 중요하지만, 암의 위치에 따라 초기 암이라 해도 상당히 심각해질 수 있다. 대장암 1기 진단을 받았지만, 암의 위치가 항문과 가까이 있다고 했다. 항문이 위험할 수 있다는 사실을 알게 되었다. 심하게 절제를 해야 할 경우 항문을 살릴 수 없을지도 모른다는 설명을 들었을 때는 절망을 느껴야 했다. 수술 결과 다행히 항문도 무사했고 다른 곳으로 전이도 없어서 항암치료를 하지 않아도 되었다.

수술이 잘 되었으니 이제 힘든 일은 없을 줄 알았는데 그때부터 시작이었다. 수술하고 나면 모든 것이 좋아질 것이라는 기대는 완전히 혼자만의 착각이었다. 후유증이 심각했다. 밥 한 공기를 먹을 수 있게 되기까지 한 달이 걸렸다. 시도 때도 없이 배에서 나는 꾸르륵거리는 소리를 들어야 했다. 움직일 때마다 뿡뿡거리며 나오는 방귀에 시달려야 했다. 먹는 것에 욕심 부리면 여지없이 변실금을 확인해야 했다. 수술만 잘 되면 다 괜찮을 줄 알았는데 수술 후 이렇게 힘든 시간이 기다리고 있을 줄은 상상도 못했다. 확실한 것은 평생 후유증을 안고 살아가야 한다는 것이다. 이미 상실된 직장의 기능은 다시 돌아오지 않기 때문이다.

49세에 대장암 진단을 받고 오십 대의 반을 암 완치 판정을 받기 위한 시간으로 보냈다. 몸은 날마다 힘들고 생각은 날마다 괴로웠으며 마음은 날마다 속상했다. 하지만 어느새 5년이 지났고 완치 판정을 받았다. 완치되면 뛸 듯이 기쁠 줄 알았는데 덤덤하게 느껴져서 의외였다. 고된 시간을 잘 보냈다고 토닥여주고 싶었고 지난 시간이 떠올라 울컥하기도 했다. 지나고 보니 몸을 보살피지 않고 살았던 시간을 반성하게 되었다.

암은 보통 10년의 세월을 묵혀서 몸으로 나타난다고 한다. 분명 몸은 신호를 보냈을 텐데 알아차리지 못했다. 절대 아프지 않을 듯이 보살피지 않고 살았다. 그 대가를 혹독하게 치르고 나서야 알게 되었다. 건강을 잃으면 모든 것을 잃는다는 것을.

문득 치료 중에 있었던 엉뚱했던 에피소드가 생각난
다. 어느 날 궁금해서 주치의에게 물어본 적이 있다.

　"선생님 술을 마셔도 되나요?"
　"흠, 남들보다 더 많이 마시지 않으면 마셔도 됩니
다."

　선생님이 웃으면서 대답했다. 술 한 잔 기울이는 분
위기를 좋아하는 나는 술을 마셔도 되는지 궁금해서
물었지만, 선생님은 어이없다 생각했을지도 모르겠다.
술을 마셔도 되지만, 예전처럼 마시지 않고도 분위기
를 즐길 수 있을 만큼 건강해졌으니 그것으로 충분하
다.

　하고 싶은 것이 많았다. 때가 되면 다 할 거라고 다짐
하며 앞만 보며 살았다. 내가 원하는 일은 뒤로 미루며
눈앞에 닥친 현실만을 쫓아 바쁘게 살았다. 하고 싶은
일이 있다면 할 수 있을 때 해야 한다. 나중은 없을지도
모른다. 막상 하려고 했을 때 몸이 따라주지 않아 포기

하는 순간은 생각보다 아주 슬프다. 하고 싶은 일을 포기해야 하는 슬픔을 겪지 않았으면 좋겠다. 일상에 있는 자신을 사랑하고 보살피며 살자. 건강하게 평범한 일상을 사는 것이 행복이다.

5

몸이 아프면
마음도 아프다

결혼 후 7년 동안 시댁에서 함께 살았다. 그야말로
아무것도 모르는 새댁이었다. 시부모와 시동생과 함께
살겠다고 생각하다니 무모하기 짝이 없는 결정이었다.
짧은 생각으로 결정된 시댁살이는 함께 지낸 가족들의
배려로 오히려 도움을 많이 받으며 살았다.

그때 보았던 시아버지의 생활 습관을 보며 존경스
러운 마음을 갖게 되었다. 비가 오나 눈이 오나 새벽 5

시가 되면 옥상에 올라가 아침 운동을 하셨다. 하루도 빠지지 않고 실천하는 모습에 감탄하지 않을 수 없었다. 새벽 기상을 하시는 시아버지의 발걸음 소리는 나의 알람 소리가 되어 잠에서 깨곤 했다. 그렇게 평생을 꾸준하고 성실하게 자신의 건강을 챙기시며 자식들에게 폐를 끼치지 않은 분이었다. 그런데 아픔은 갑작스럽게 찾아왔다. 2년 전 찾아온 생소한 질병은 건강했던 사람을 한순간 위중한 환자로 만들었다.

'혈소판 감소증'이라는 병명도 생소한 질병이 찾아왔다. 치료가 잘되지 않아 병원을 옮겨 다니며 치료하느라 더 힘든 시간을 보내는 와중에 대장암이 발견되었다. 대장암 수술을 해야 했지만 혈소판 감소증 때문에 할 수도 없었다. 1년 동안 혈소판 감소증 치료에 전념한 후 겨우 대장암 수술을 할 수 있었다. 하지만 심각한 후유증이 남았고 계속해서 다른 질병을 데려오기도 했다. 한번 나빠진 건강은 원래대로 회복하기가 얼마나 힘든 일인지 다시 한 번 확인하는 순간이었다.

갑자기 찾아온 질병이라 했지만 몸 어딘가에서 계속 신호를 보냈을지 모른다. 알아채지 못한 무심함으로 병을 키우며 살았을지도 모른다. 한꺼번에 찾아온 질병으로 인해 몸은 더 상하고 마음은 지쳐갔다. 굳세고 긍정적인 생각으로 사셨던 아버님은 아픈 몸에 점점 지쳐가기 시작했다. 항상 내일을 생각하고 희망을 말씀하시던 분이 어느 날부터 주변을 정리하기 시작했다. 마음이 내려앉기 시작하더니 희망을 놓은 듯 보였다. 겉으로 표현할 수 없었지만, 그 모습을 바라보는 내 내 마음이 아파 속으로 많이 울었다.

나 또한 대장암 진단을 받고 5년 동안 치료 과정을 거치면서 많이 지치고 힘든 시간을 보냈다. 좋아질 거라는 희망이 있을 때는 그 희망으로 참을 수 있었다. 하지만, 대장암 완치 판정을 받고도 평생을 안고 살아가야 하는 후유증을 확인하게 되었을 때 절망을 느꼈다. 모든 것은 마음먹기 달렸다지만 몸이 아프면 마음도 아프다. 마음이 아프기 시작하면 몸의 상처보다 훨씬 깊은 상처를 남긴다.

마음이 아픈 과정을 먼저 겪어본 나로서도 아버님의 마음을 위로해 주지 못했다. 말로 아무리 위로해도 마음이 아픈 사람에게는 와 닿지 않는다는 것을 알기 때문이다. 몸에 찾아온 질병으로 인해 마음이 무너지기 시작하면 한없이 깊은 동굴 속으로 빨려 들어가는 느낌이다. 다시는 지상으로 나오지 못할 것 같은 마음은 어떤 희망도 바랄 수 없게 만든다. 몸이 아프면 몸과 마음이 따로 분리되지 않는다. 몸이 아픈 만큼 마음도 아프다. 아니, 몸이 아픈 것보다 더 깊게 더 빠르게 마음 속으로 상처가 스며든다.

누구도 도움이 되지 않는 상황이 될 때 어떻게 해야 할까? 마음이 아플 때 도움이 될 수 있는 일은 무엇이 있을지 많이 찾아보고 생각해 보았다. 명상하는 것이 좋다고도 하고 대화를 많이 하는 것도 좋다는 말도 있었다. 마음 상태가 심각하다고 판단될 때는 전문가의 도움을 받아 치료받는 것도 필요하다고 생각한다.

많은 방법 중에 내가 선택한 방법은 마음을 표현하는 것이었다. 처음에는 혼자서 글로 표현하며 쏟아냈다. 나에게 왜 이런 일이 생겼는지 생각하면서 마음이 아픈 상태를 글로 썼다. 나중에는 마음이 맞는 친구에게 나를 표현하고 현재 내가 이렇게 아프다는 것을 보여주기 시작했다. 누군가 내 하소연을 들어주는 것만으로도 마음에 쌓인 무엇이 해소되는 듯한 기분을 느꼈다. 차츰 가벼워지는 마음 상태가 되면서 아픔도 치유되기 시작했다.

나의 경험을 살려 시아버지의 마음을 열게 하려고 애썼다. 자주 찾아뵈며 많은 이야기를 하려고 노력했다. 처음에는 주로 내가 이야기하고 아버님은 듣기만 하셨다. 시간이 지날수록 나눈 이야기에 수긍하며 마음을 열고 표현하기 시작했다. 순리대로 살다 가는 거라며 주변을 정리하시던 분이 내년 봄을 이야기하기 시작했다. 희망을 나누기 시작한 것이다.

"자주 찾아와서 이런저런 이야기를 해주니 많은 힘이 된다, 고맙다"

"다시 건강해지셔서 예전처럼 활동하셔야지요."

"그래, 조금씩 좋아지는 거 같아서 힘이 난다."

"겉으로 보기에도 많이 좋아지신 거 같아요. 힘내세요."

마음을 전하며 진심이 받아들여지고 몸과 마음의 작은 변화는 기쁨이 되기도 했다.

몸이 아프면 자연스럽게 마음도 아프게 된다. 아픈 마음을 나 몰라라 방치하면 건강한 마음으로 회복하기는 쉽지 않다. 무엇이든 마음먹은 대로 된다는 것이 어지간해서는 쉽지 않다는 것을 경험으로 확인했다. 주변에 몸이 아픈 사람이 있다면 마음도 살펴보는 관심을 가져야 할 것이다. 몸이 아프면 마음도 아프게 된다는 것을 잊지 말아야 한다.

마음 건강, 몸 건강을 챙겨야 할 때

6

자존감을 송두리째
삼켜버린 안면마비

명절을 보내느라 힘들었던 것일까? 2년 전, 10월 어
느 날이었다. 어깨가 너무 아파 물리치료를 받고자 정
형외과를 찾았다. 진료실에서 마주한 선생님은 제 얼
굴을 보더니 대뜸 이런 말씀을 하셨다.

"눈이 원래 그랬어요?"
"눈이 왜요?"

"한쪽 눈이 감기지 않네요."

"네? 눈이 왜요?"

그런 말을 들었어도 실제로 눈이 감기지 않는 것을 느끼지 못했다. 겉으로 보기에도 별로 달라 보이지 않아서 무심하게 지나쳤다. 그날 오후, 눈이 달라진 모습이 보였다. 한쪽 눈의 움직임이 이상했고 잘 감기지 않았다. 바로 응급실을 찾아갔어야 했지만 안면마비라는 것을 알지 못했기에 느긋하게 예약하고 이틀이 지난 후에 병원을 찾았다.

안면마비의 골든타임은 3일이라고 했다. 다행히 골든타임은 놓치지 않았지만 이미 신경이 많이 손상된 상태였다. 안면마비는 빠르면 3개월 만에 좋아질 수도 있다고 했다. 1년이 지나도 회복되지 않으면 후유증이 남는다는 설명도 들었다. 보통의 경우 대부분 6개월이면 회복이 된다고 했다. 나의 경우 손상 정도가 심해서 최소 6개월은 걸릴 거라고 예상했다. 후유증이 남을 수도 있다는 설명을 들었지만 설마 했다. 하루아침에 좋아지는 것이 아니니 서두르지 말고 기다려야 한다고 했다. 병원에서는 스테로이드제를 처방해 주는 것 말고는 해주는 것이 없었다. 이상하게 변해버린 얼굴을 보고 그냥 있을 수 없어서 침 치료를 받아보기도 했다.

안면마비는 침 치료가 좋다고 하는 사람이 많았다. 병원에서는 할 수 있는 것이 없다고 하니 일단 침 치료를 받았다. 결과부터 말하자면 병원에서 처방해 준 약도, 한의원에서 맞은 침도 후유증 없이 치료해 주지는 못했다. 안면마비 진단 후 2년이 지났다. 이제는 후유증을 안고 살아가야 할 거 같다. 외모가 중요하지 않다고 하지만 다른 모습으로 변한 모습이 되고 보니 중요했다. 남에게 보이는 얼굴이 뭔가 이상한 모습으로 변했다는 것은 생각보다 큰 상처를 안겨주었다.

얼굴이 바르게 생겼다는 것만으로도 얼마나 큰 행복인지 그전에는 알지 못했다. 비대칭으로 변한 얼굴로 일상생활을 하니 모든 일에 자신이 없고 스스로 주눅 들어 주춤하게 된다. 가장 큰 문제는 사람 만나는 일이었다. 비뚤어진 얼굴을 보이며 사람을 만나고 말하기가 어려운 일이 되어버렸다. 누구보다 사람을 좋아하고 함께 어울리는 것을 즐겼던 나에게 사람 만나는 것이 무서운 일이 될 줄 상상도 못 했다.

몸이 아프고 외모가 변했어도 아무 일도 없는 것처럼 산다는 것은 마음 관리를 잘한다는 것이다. 마음을 굳건하게 관리할 수 있다는 것은 엄청난 의지가 있어야 가능하다. 사람들은 생각하는 것보다 남에게 관심이 없다는 것을 알지만 마음은 사람들의 관심에서 벗어날 수 없다. 마음이 불편할 때는 남들이 모두 이상하게 변한 내 모습을 쳐다보는 것처럼 생각된다.

안면마비 후유증으로 사람 만나는 일이 어렵게 된 생활이 벌써 2년이 지났다. 나는 이렇게 괴로운데 사람들은 그다지 관심이 없다. 그렇다면 결국, 마음을 괴롭히는 것은 나 자신이라는 생각이 든다. 아무 일 없는 것처럼 편안하게 사는 것도 스스로 결정하는 것이다. 어떤 아픔이든, 아무 일도 없는 것처럼 살기가 쉬운 일이 아니다. 어떤 식으로든 상처가 남고 흔적이 남기 때문이다. 몸이 아프게 되면 몸에 그 흔적이 남는다. 마음에 병이 나면 보이지 않는 상처가 더 크게 남기도 한다.

　안면마비는 자존감을 송두리째 빼앗아 갔다. 2년이 지나도록 회복되지 않고 후유증을 남기면서 더 큰 상처를 남겼다. 변해버린 얼굴도 문제였지만 마음을 다스리기가 더 힘들었다. 날마다 자신과 싸우며 반복적으로 상처를 확인하는 것이 일상이 되어버렸다.
　송두리째 빼앗긴 자존감을 어떻게 찾아야 할까 고민했다. 아픔에 대해 생각해 보았다. 내가 느끼는 아픔이 아무리 커도 세상에는 나보다 더 큰 아픔을 가진 사람이 많다는 사실을 떠올렸다. 병원에서 만난 심하게 아픈 사람들을 생각하며 '나는 그것보다 낫지 않은가.'라고 생각을 달리해 보았다. 아픔을 극복하는 데는 훈련이 필요하다. 아프기 전의 모습으로 돌아갈 수 없다는 사실을 인정하는 것이 필요하다.
　받아들이고 인정하는 것, 그것이 아무 일도 없던 것처럼 사는 방법이다. 나는 이제 자신감 넘치던 예전의 나로 돌아가려 한다. 이미 와버린 안면마비, 이미 변해버린 지금의 모습이 내 얼굴이다. 변해버린 자기 모습을 받아들인다는 것이 쉬운 일은 아니다. 하지만 스스로 결정해야 한다는 것을 안다. 아픔을 극복하고 아무 일도 없는 것처럼 산다는 것은 곧 나를 이기는 것이다. 결국 자신과의 싸움에서 이겨야 가능한 일이라는 것을 깨닫는다.

마음 건강, 몸 건강을 챙겨야 할 때

7

마음이 움직여야
다시 일어설 수 있으니까

알다가도 모르는 게 사람 마음인 듯하다. 상대방의
마음은 커녕 내 마음을 알기에도 쉽지 않을 때가 있다.
어떤 이유가 되었든지 마음이 닫혔다면 그 마음을 다
시 열기가 쉽지 않다. 특히 사람과의 관계에서 상처를
입고 마음을 닫은 경우라면 더 힘든 것 같다. 언짢은 일
이 있었다면 바로 마음을 표현하면 금방 풀어질 수 있
다. 그러나 말을 하지 않으면 알 수 없어서 점점 마음을

닫게 되는 경우도 있다. 사람 마음이란 보여주지 않으면 알 수 없는데도 '내 마음을 알아주겠지.'하는 기대를 하는 것 같다. 가까운 사람일수록 그런 기대를 하기 쉬운데 큰 착각이라는 생각이 든다. 나도 그런 기대를 하고 있다가 오해가 생긴 경험을 한 적이 있다. 많은 사람이 그런 착각 속에 사는 거 같다.

"말을 해야 알지, 내가 어떻게 알아."
"꼭 말을 해야 아니?"

생각해 보면 이런 상황을 만날 때가 많다. 사람 마음이 이렇게 오묘한데 그 마음 움직이게 하기가 어디 쉬우랴. 갱년기를 겪으며 내 마음이 내 마음대로 안 되어서 심하게 고생했다. 몸이 아팠을 때 마음의 병이 생겨서 또 한 번 고생했다. 내 마음을 움직이는 것이 뭐가 그리 어렵다고 엄살부리냐고 하는 사람도 있겠다. 하지만 경험하지 않고는 알 수 없는 것이 마음의 병이다. 아픈 마음을 보여줄 수 없어서 얼만큼 아픈지 알지 못하는 경우가 대부분이다. 많은 사람이 자신이 얼마나 아픈지 알지 못한다. 그러면서 병원에 찾아갈 만큼은 아니라고 스스로 진단하고 나선다. 갈팡질팡 내 마음이 어딘지 모를 곳으로 곤두박질을 쳐도 혼자서 일어서보려고 애쓴다.

대장암보다 더 마음을 힘들게 했던 안면마비 때문에 2년이 넘는 시간 동안 사람들을 만나지 않았다. 마음이 움직이지 않았다. 사람을 만나는 것이 두렵고 아무도 없는 곳으로 도망치고 싶은 마음이 컸다. 안부를 물어주고 잘 사는지 궁금해서 연락하는 사람들을 피하고 싶었다. 그런 상황에서도 직장 생활을 유지하고 있는 것이 용하다는 생각이다.

코로나로 인해 비대면으로 전환되어 만나지 않고도 일을 할 수 있게 된 것이 큰 도움이 되었다. 사람들과 만남을 거부하면서도 한편으로는 보고 싶고 만나고 싶은 생각이 간절했다.

"퇴근 시간이 몇 시요?"

"6시인데요."

"6시까지 갈 테니 저녁이나 먹읍시다!"

마음이 오락가락하면서 갈피를 잡기 힘든 와중에 지인에게 전화가 왔다. "저녁 먹으면서 사는 이야기나 합시다."하고 전화를 끊었다. 이렇게까지 찾아와서 만나자고 하는데 차마 거절할 수가 없었다. 용기를 내서 만나기로 마음먹었다. 변해버린 내 모습을 보여주기 싫은 마음이 컸지만, 언제까지 숨기고 살 수는 없다는 생각이 들었다.

그래, 부딪혀보자.

오랜만에 사람을 만나 많은 이야기를 나누었다. 가장 큰 위로는 괜찮다였다. 지금 모습도 괜찮고 스스로 생각하는 것보다 훨씬 좋은 모습이라고 말해주어 엄청난 힘이 되었다. 남들은 그리 크게 생각하지 않는 일을 혼자서 너무 깊게 빠져있었다는 생각이 들었다. 만나서 이야기 나누길 정말 잘했다는 생각이다. 저녁 식사를 하며 살면서 경험할 수 있는 많은 이야기를 나누며 공감해 주는 것이 큰 힘이 되었다. 마음이 수렁에 빠져

마음 건강, 몸 건강을 챙겨야 할 때

허우적대고 있을 때 마음을 만져주는 작은 한마디에도 큰 힘을 얻게 된다.

예전처럼 살아도 좋겠다며 토닥여준 그 말은 내 마음을 움직이기 충분했다. 어쩌면 난 그런 말을 듣고 싶었는지도 모르겠다. "괜찮아, 괜찮아." 라고 토닥여주는 말을 기다렸는지도 모르겠다. 혼자서 수십 번 다짐해도 힘이 나지 않았는데 다른 사람의 입을 통해 나에게 전해졌을 때 아주 크게 다가왔다. 사람의 마음을 움직이는 것은 어쩌면 내가 원하는 말을 들었을 때가 아닐까?

나도 괜찮다는 말을 듣고 싶었고 앞으로도 괜찮을 것이라고 다짐하듯 응원의 말이 필요했나 보다. 그 후에야 사람을 만나볼 용기가 생겼다.

차츰 친구도 만나고 산에도 다니며 서서히 예전의 모습을 찾기 시작했다. 자칫 마음의 문을 닫고 우울하게 보낼 수도 있었다. 나를 이해해 주고 공감해 주며 응원해 주는 사람의 한마디에 큰 힘을 얻었다. 응원의 한마디가 내 마음을 움직인 것은 진심이 전해졌기 때문이다. 그 응원에 힘입어 나는 다시 일어설 것이다.

8

아픔은 누구에게나
찾아온다

나에게 아픔이 찾아오기 전까지는 나는 아프지 않을 줄 알았다. 어릴 때부터 크게 아픈 적 없었고 어른이 되어서도 흔한 감기조차 잘 걸리지 않았기에 건강에 대해 자만하고 살았다. 얼마나 오만한 마음으로 살았는지 아픈 후 알았다. 대장암을 진단받고 치료 중에 안면마비를 만났다. 그때부터 계속해서 몸이 아프기 시작했다. 오랫동안 컴퓨터 앞에 앉아 일한 대가로 손목과

손가락에 탈이 났다. 좋아하는 산에 오르는 것이 무리가 되었는지 척추분리증이 생기고 발목에도 결절종이 생겼다. 나에게 이렇게 여러 가지 아픔이 찾아올 줄 몰랐다. 내 나이 오십이 되었을 때는 아픔의 아이콘이 되어있었다.

몸이 아픈 것이 나을까? 마음이 아픈 것이 나을까? 물론 둘 다 아프지 않은 것이 최고다. 지적으로 문제가 있는 것보다 몸이 불편한 것이 훨씬 낫겠다고 말하는 사람도 있다. 하지만 아파보지 않고는 어느 쪽이 낫다고 판단하기는 쉽지 않은 일이다. 무엇보다 아프지 않은 것이 가장 좋은 일이라는 것은 두말할 필요도 없다. 아픔은 누구에게나 찾아온다. 아프기 싫다고 오지 않는 것이 절대 아니라는 것이다.

내가 사람 만나는 것을 주저하고 있을 때 힘을 주셨던 지인분이 계신다. 사람이라면 누구나 아픔을 안고 살아간다고 하시며 본인의 아픔도 말해주었다. 척추분리증으로 허리가 아파서 고생하는 나를 보며 본인은 척추 디스크로 고생했다는 사실을 이야기했다. 지금도 통증으로 고생하고 있다며 허리 통증에 대해 모르는 것이 없을 만큼 많은 치료를 받았다고 한다. 모두가 말을 안 해서 그렇지 아픔 하나쯤 없는 사람이 없다는 것이다.

들고 보니 맞는 말씀이다. 잠시 귀 기울여 들어보면 아프지 않은 사람이 없다. 친구의 딸은 희귀질환으로 고생하고 있고 또 다른 친구의 가족은 우울증으로 고생하고 있다는 소식을 들었다. 이처럼 몸이 아프거나 마음이 아파도 각자 이겨내며 살아가고 있다.

아픔이 있는 사람은 세상에서 내 아픔이 가장 큰 것처럼 느껴진다. 나보다 더 아픈 사람을 살피지 못한 결과다. 나이가 오십 정도 되면 아프지 않은 것이 이상할 정도다. 건강하게 오십 대를 맞는 사람도 있지만 혈압 문제와 당뇨병을 기본으로 가지고 있는 경우도 많다. 나이가 들수록 크고 작은 질병과 함께 살아가는 사람이 많은 것이 현실이다. 오십이 되기 전에는 아픔의 아이콘이 되어있는 나의 오십 대를 상상하지 않았다. 아주 건강한 몸으로 우아하게 나이 들어갈 줄 알았건만 인생은 뜻대로 되지 않는다는 것을 다시 확인한 셈이다.

앞으로 아프지 않고 건강하게 살려면 어떻게 해야 할까? 아픔은 누구에게나 찾아온다는 핑계로 아픈 몸으로 징징대며 살 것인가? 오십 이후의 삶은 스스로 얼마나 노력하느냐에 따라 건강한 몸으로 사느냐 아픈 몸으로 사느냐 결정지어질 것이다. 균형 잡힌 식사와 규칙적인 생활 습관으로 스스로 건강한 삶을 위해 노력해야 할 것이다. 내 몸은 내가 지켜야지 아무도 지켜주지 않는다는 사실을 명심해야 한다. 매일 한 시간씩 걷기 운동을 하는 남편은 기회만 되면 운동하라고 잔소리한다. 나중에 후회하지 말고 할 수 있을 때 열심히 움직이라고. 백번 맞는 말인데 듣기 싫고 움직이기 싫어 귀찮아한다. 이런 생활이 계속된다면 나중에 후회할 것이 뻔하다.

"아침에 일어나면 스트레칭부터 하자."
"하루에 한 시간씩 걷자."

"소파에 가만히 앉아있지 말고 TV 볼 때도 움직여
라."

이렇게 날마다 듣는 남편의 잔소리가 아니더라도 운
동의 필요성을 절실히 느끼고 있다.

이미 아픈 몸으로 힘든 생활을 경험했다. 100세 시대
에 건강하게 사는 것은 축복이다. 하지만 아픈 몸으로
오래 사는 것은 본인은 물론 가족에게도 불편을 안겨
주는 일이다. 아픔의 아이콘에서 벗어나 건강 전도사
로 거듭날 수 있도록 열심히 운동하면서 건강한 몸을
만들어 보자.

9

불쑥 찾아오는
외로움에 대처하는 법

하버드대 의대 교수 로버트 윌딩어는 "외로움과 고립은 술과 담배만큼 건강에 해롭다."고 말한다. 행복의 결정적 요인으로 '의지할 수 있는 질적인 관계'를 강조하기도 했다. 내가 아플 때, 내가 힘들 때 의지하고 도와줄 수 있는 사람이 있다면 행복한 사람이라고 할 수 있겠다. 코로나19 바이러스로 인해 어쩌면 강제적인 고립 생활을 하게 되면서 평소보다 외로움이 더 커지게 된 것은 아닐까?

　요즘은 1인 가족이 늘게 되면서 혼자서 보내는 시간이 많다. 혼자 밥 먹기는 기본이고 혼자 영화 보기, 혼자 산책하기, 혼자 등산하기, 혼자 쇼핑하기 등등 다른 사람과 어울리는 시간은 점점 줄어드는 현실이다. 오십 대도 비혼이나 이혼으로 혼자 생활하는 사람이 많은 것은 마찬가지다. 혼자 살거나 가족과 함께 생활하거나, 사람이라면 외로움을 비켜 갈 수는 없다. 이제는 불쑥 찾아드는 외로움과 잘 지내는 것이 현대인의 숙제인지도 모르겠다.

　"요즘 많이 외롭다."
　"외로움을 느끼지 못할 만큼 바쁘게 살아라."
　"남편 돈 잘 벌고 아이들 잘 자라는데 뭐가 문제야?"
　"남편은 바깥 생활에 바쁘고 애들은 컸다고 엄마가 필요 없나 봐."

　어느 날 친구들 대화방에서 한 친구가 외롭다고 말했다. 아들 셋 키우는 동안은 정신없이 사느라 외로움이 무엇인지 모르고 살았다고 한다. 그런데 자식이 품 안에서 떠나고 남편은 일하느라 바쁘다 보니 혼자 있는 시간이 많아졌다. 그 시간을 즐기지 못하는 사이에 외롭다는 생각이 불쑥불쑥 찾아온다는 것이다. 어느 순간 멍하니 앉아있기도 하고 외로움과 함께 공허함이 크게 자리 잡는다는 것이다.

잘 자란 자식들이 있고 열심히 사는 남편이 있고 자신의 생활을 충만하게 해주는 종교가 있음에도 간혹 외로운 마음이 되는 것은 왜일까? 그 모습을 보던 다른 친구가 말한다. 부족함 없고 가족들과 함께 살다 보면 외로울 시간이 없을 거 같은데 무슨 외로움 타령을 하느냐며, 바쁘게 살라고 당부한다. 생각해 보면 아이들에게 한참 신경 쓰며 바쁘게 살 때는 외로울 틈이 없지 않았던가.

평소에 느끼지 못하다가 술이라도 한잔하게 되면 마음이 느슨해지고 외로운 감정에 휩싸이기도 한다. 가끔, 나는 잘 살지 못하는데 남들은 다 잘 사는 것 같은 느낌이 들 때 외롭기도 하더라. 겉모습을 보고 잘 사는지 아닌지 알 수 없으나 그렇게 느껴질 때가 있다. 내가 힘들 때, 일이 잘 풀리지 않을 때, 몸이 아플 때 등 상황이 좋지 않은 경우가 될 때 남들은 다 잘사는 것 같이 보이기도 한다. 이런 경우에는 혼자 지레짐작하듯 판단하고 감정에 휘둘리지 않는 것도 필요하다.

　가족과 함께 살아도 모두가 나가고 혼자 남게 되었을 때 문득 외롭다는 친구처럼 누구나 외로운 순간이 찾아온다. 모르는 체하며 살 수 없는 감정이다. 어떻게 받아들이고 대처할지 스스로 결정해야 한다. 사람은 나를 알아주지 않을 때도 외로움을 느낀다고 한다. 나의 감정을 묻어주고 계속 외로움을 느끼며 살 것인지, 밖으로 표출하며 즐거운 마음으로 바꾸어 살 것인지 선택은 각자의 몫이다.

　행복의 결정적인 요인이 사람과의 관계에 있다고 한다. 평소에 주변 사람들과 관계가 불편해질 때도 사람을 외롭게 만든다. 좋은 관계를 유지하며 행복을 느껴야 할 대상이 외로움을 주는 대상이 되기도 한다. 오십대의 삶은 여전히 바쁘고 왕성하게 활동하는 시기다.

숨 가쁘게 사는 시간 속에서도 외로움은 불쑥 찾아온다. 남들과 비교하며 내 마음을 가난하게 만들지 말자.

혼자 살면서도 혼자의 삶에 익숙해지지 않아 무엇인가를 하지 않으면 불안해하는 사람도 있다. 가족과 살면서 여전히 자신보다 가족을 위해 사는 사람도 있다. 열심히 살아도 스스로 만족하지 못하면 결국에는 허탈감과 공허함이 커져 홀로된 듯한 외로움이 찾아올 수도 있다. 잠시 머무르는 감정이라면 다행이지만 외로움이 깊어지면 병이 될 수도 있다.

혼자라고 느껴질 때 찾을 수 있는 사람을 옆에 두고 살자. 인맥을 자랑하듯 많은 사람이 주변에 있어도 정작 필요할 때 옆에 있어 주지 못한다면 무슨 소용이겠는가. 믿고 의지하고 찾을 수 있는 사람이 있다면 외로움이 찾아와도 잘 이겨낼 수 있을 것이다.

오십 대에 찾아드는 외로움은 깊이 스며들지 못하도록 하자. 스스로 만족하는 일상을 만들자. 혼자 즐길 수 있는 취미를 만들고 나에게 주어진 시간을 누려보자. 자신을 귀하게 여기며 가꾸며 살자. 무엇보다 몸과 마

음이 바쁘게 부지런한 삶을 살자. 내 인생에 외로움이
끼어들지 못하도록.

관계
◇◇◇◇◇◇◇◇

관계에 대한 재정의가
필요하다

1

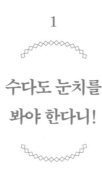

수다도 눈치를
봐야 한다니!

　요즘은 친구들의 안부를 온라인에서 더 익숙하게 묻
게 된다. 코로나19 바이러스 여파로 온라인에서의 만
남이 엄청나게 활발해졌다. 친구들의 모임뿐 아니라
강의나 회의 등등 많은 부분이 온라인을 통해 이루어
지고 있다. 직접 만나지 못한다는 아쉬움이 있지만 언
제 어디서든지 만날 수 있다는 것은 온라인의 최대 장
점인 듯하다. 일대일 강의부터 단체가 참여할 수 있는

모임까지 다양하게 이용하게 되면서 현대인의 일상에 큰 변화를 가져왔다.

모임은 온라인 줌을 이용하고 대화는 메신저를 통해 이루어진다. 국민 메신저 카카오톡은 용도에 맞게 단체 대화를 하는 것으로 우리의 일상에 깊숙이 자리 잡고 있다. 직장동료, 친구, 가족, 온라인 모임 등 다양한 용도로 이용되고 있는 카카오톡의 역할은 어마어마하다.

이미 카카오톡을 이용하면서 친구들의 모임이 활성화된 효과를 톡톡히 보기도 했다. 아주 오래전에 종로에서 초등학교 친구 몇 명이 만났다. 그 만남을 계기로 서울에 있는 친구들을 모아보자는 취지로 시작된 것이 카카오톡 단체 대화방이다. 한 명 두 명 모여 꽤 많은 친구가 모였다. 사느라 바빠 연락도 없이 지내다가 만난 친구들은 오랜만에 수다 삼매경에 빠져 대화방은 뜨거운 열기를 내뿜었다. 오십 가까운 나이가 무색할 만큼 열정적인 대화는 친구들을 한데 뭉치게 하는 큰 역할을 했다.

처음 시작한 단체 대화방에서 아주 열심히 활동했다. 그 덕분에 친구들은 즐거워했고 온라인에서뿐만 아니라 오프라인 모임까지 이어져서 동창회가 만들어졌다. 흐지부지 있던 동창 모임이 뜨겁게 부상하고 친구들이 함께 모일 수 있는 자리가 마련되기도 했다. 그 후, 정기적인 모임으로 자리를 잡았고 지금까지 잘 유지되고 있다. 처음 시작은 좋았으나 그 과정에서 부작용도 나타났다. 많은 친구가 가입해 있는데도 활동하는 친구들은 일부라는 것이다. 모두가 참여하는 대화방을 만들고자 노력했으나 한계에 부딪혔고 결국에는 내가 지치고 말았다. 처음에 모두가 같은 마음이라는 생각으로 시작했으니 그런 부작용에 대해 생각하지 못했다.

사십 대에 만나서 오십 대가 되어도 친구들의 모임은 계속 이어졌다. 문제는 갈수록 활동하는 친구들이 줄어든다는 것이다. 재미가 없는 것일까? 처음 만났던 신선한 감정이 사라진 것일까? 내 마음은 그대로인데 자꾸만 친구들의 마음을 헤아려 보게 되었다. 나만 좋아서 떠들고 있는 것은 아닌지, 쉼 없이 떠드는 내가 민

폐가 되는 것은 아닌지 살피게 되었다. 뭐가 달라졌을까? 언제부터인지 친구들의 눈치가 보였다. 그렇게 편하고 즐거웠던 수다방은 눈치를 살피는 방이 되어버렸다. 수다도 눈치를 봐야 한다니 기분이 씁쓸했다.

"어느 모임이나 모두가 참여하기는 힘들어."
"알고 있지, 그래도 좀 아쉽다."
"대화는 참여하지 않아도 마음은 다 같을 거야."
"그럴까? 말이 없으니 답답하다."

친구들이 다 같이 어울렸으면 하는 마음으로 속상함을 털어놓으며 나눴던 대화다. 많은 친구가 모여 있는 대화방에서 고작 몇 명이 떠들고 있고 나머지 친구들은 대화를 구경만 한다. 마치 나를 구경하고 있는 듯한 느낌이 들어서 기분이 좋지 않다. 대화에 함께 참여하지 못하는 이유는 분명히 있을 것이다. 다양한 이유로 함께 하지 못해도 친구들의 소식이 궁금할 수도 있다. 하지만 계속해서 사정이 생기는 것은 이해하기 힘들다. 일주일에 한 번, 잠자기 전에 한 번이라도 안부를

전할 수 있을 텐데 그러지 못한 친구들이 서운하고 아쉽다.

여러 번 그런 내 마음을 전했는데도 달라지지 않는 친구들의 모습에 내가 변하기로 했다. 대화 참여를 줄이고 대화방을 나오기도 했다. 변함없이 반복되는 상황에 행동할 수 있는 것은 그것뿐이었다.

어느 조사에 따르면 오십 대 연령층이 참여하고 있는 대화방이 평균 8개 정도 된다고 한다. 그중 가장 좋아하는 곳은 어릴 때 친구들과 같은 취미를 즐기는 곳이라고 한다. 오십이 되어도 초등학교 친구를 만날 때는 초등학교 다니던 그 마음이 된다. 오래전 추억이 그립고 그 모습을 기억하며 그때로 돌아가 우정을 나누고자 한다. 우정은 친구들이 함께 만들어가는 것이다. 혼자 노력한다고 우정이 쌓이는 것은 아니다. 친구들의 대화를 보기만 하는 것도 함께하는 것이라고 말할지 모르겠다. 모두가 그렇게 생각한다면 누가 나서서 말하겠는가?

오십이 되어서 친구들의 눈치를 보다니, 수다 떨면서 눈치보게 될 줄은 몰랐다. 누가 뭐라 하지 않지만, 스스로 친구들의 눈치를 살피게 되면서 많은 생각이 들었다. 미국의 사상가인 랄프 왈도 에머슨은 "집을 가장 아름답게 꾸며주는 것은 자주 찾아오는 친구들이다."라고 말했다.

소통의 도구로 사용되는 카카오톡 단체 대화방은 친구들의 마음이 담긴 모두의 집이라고 해도 과언이 아니다. 그곳에서 나누는 우리의 대화가 아름다워지기 위해서는 각자가 관심을 가지고 자주 찾아주어야 하지 않을까?

2

친구도 불편할 때는
거리 두기가 답

소통을 위한 공간으로 많은 사람이 카카오톡 대화방을 이용하고 있다. 만남이 제한되는 팬데믹 현실 때문에 카카오톡 대화방은 더욱더 활발해졌다. 너무 많아 소음으로 여겨질 정도로 다양한 구성으로 만들어져서 문제가 되기도 한다. 개인적인 대화를 비롯해 소규모 모임과 목적을 가지고 가입한 오픈 대화방까지 합치면 하루에도 수없이 많은 대화가 오간다. 어쩌면 비대면

이 활성화된 요즘은 핸드폰이 가장 많은 일을 하는 것은 아닌지 궁금해진다.

나의 핸드폰에도 다양한 대화방이 존재한다. 매일 개인적으로 소식을 전하는 친구들은 그나마 조용하다. 안부를 묻고 용건만 간단히 하는 정도니까. 직장동료 간에도 대화방은 필요하다. 다양한 정보 공유를 위한 방이기도 하기 때문이다. 친구들이 있는 대화방은 다양하다. 초등학교, 중고등학교, 대학교, 사회에서 만난 친구들까지 각자의 방이 있다.

요즘은 취미나 배움을 위한 방이 활발하게 움직이는 것 같다. 독서, 글쓰기, 골프, 낚시, 등산, 마라톤 등등 각자의 취미에 맞게 배우고 어울리는 용도로 대화방을 잘 활용하는 듯하다. 온라인으로 못 하는 것이 없을 만큼 배움의 길이 열려서 좋은 현상이라 생각한다. 가끔 악의적으로 이용된다는 뉴스를 접할 때는 대화방의 이면을 보는 것 같아 기분이 퍽 좋지 않다. 하지만 대부분은 좋은 영향력을 퍼뜨리며 동기부여를 받을 수 있는 곳이어서 좋다.

이렇게 많은 사람과 어우러져 다양한 관계를 맺어주는 대화방을 잘 이용하는 것은 본인의 몫이라 생각한다. 개인적으로 친구들과 함께하는 대화방에서도 껄끄러운 상황을 가끔 마주하게 되는 경우가 있다. 대화방은 글로 이루어지는 공간이다. 말하는 사람의 감정이 보이지 않아 보는 사람이 오해하게 되는 경우가 종종 있다. 오해가 생기면 통화를 하거나 만나서 풀면 되는 일이지만, 한번 감정이 상하면 쉽게 풀리지 않는 경우도 발생한다. 주변에서 풀어주려고 아무리 노력해도 본인의 마음이 풀리지 않는다면 할 수 없는 일이다.

고등학교 친구들 모임이 있다. 물론, 만남은 1년에 한두 번 정도지만 매일 대화방에서 만난다. 아침 인사를 나누고 일상적인 대화를 나누는 것이 전부다. 다른 모임에 비해 시끄럽지 않아서 좋다. 인원이 많지 않아 그럴 수도 있으나 각자의 성향이 시끄럽지 않아서 그 분위기가 연결되는 것일 수도 있다.

조용한 모임에서 시끄럽게 대화하지 않아도 그 와중에 마음을 다치기도 한다. 글로 만나는 공간은 각자의 성향에 따라 분위기가 달라질 수 있음을 확인하게 된다.

깔끔한 성격은 어떤 대화를 해도 쿨하게 넘기는 경우가 많다. 소심한 성격은 본인이 한 말에도 신경을 많이 쓰고 남들이 한 말에도 엄청 신경을 쓰더라. 객관적으로 봤을 때 별 일 아닌 것처럼 보이는데 예민하게 반응하는 것을 볼 때는 답답함을 느끼게 된다.

"누가 마음이 상한 거 같은 왜 그런 건지 알아?"
"글쎄, 나도 모르겠는데. 말을 해주면 좋을 텐데, 말을 안 하니 알 수가 없네."

대화하다가 분위기가 이상하면 개인적으로 이렇게 물어오기도 한다.

간혹, 대화방에서도 삐졌다는 것이 느껴질 때가 있다. 오프라인에서도 삐지는 것을 싫어하는데 온라인에서까지 삐지는 것을 봐야 할 때는 할 말을 잃는다. 누군가의 어떤 말로 감정이 상했다면 개인적으로 연락을 해서 오해를 풀면 되는 일이다. 다 같이 있는 공간에서 그러지 말았으면 좋겠다고 말해주면 모두가 공감하고 이해하지 않을까? 아무런 표현을 하지 않으면서 '나 감정 상해서 삐졌어.'라는 분위기만 풍기는 것은 아니라고 본다.

많은 사람이 함께하는 공간이다. 친구들뿐만 아니라 다양한 목적으로 만나는 다른 공간에서도 마찬가지다. 글로 표현하는 것에는 한계가 있고 분명 오해를 할 수도 있지만, 서로 이해하려는 마음을 가져야 한다.

한 친구가 마음이 상해서 대화방을 나갔다. 분명 기분이 상해서 말 한마디 없이 나갔는데 아무도 초대하지 않는다. 그것은 모두가 같은 마음으로 조금 거리를 두고 싶은 것이 아닐까? 오십이 된 나이에 말 못 하고 삐질 일이 뭐가 있을까? 마음을 열고 이야기하면 어지간하면 다 이해되는 나이가 아닌가? 내 마음이 불편하다고 친구들까지 불편한 상황을 만들지는 말아야 한다. 서로 감정이 상할 거 같으면 약간의 거리를 둘 필요가 있다고 생각한다. 대화로 풀지 못하는 성격이라면 스스로 풀릴 때까지라도 각자의 시간을 갖는 것이 맞는다고 본다.

내가 한 말에 기분이 상했을 수도 있지만, 왜 기분이 상했는지 당사자는 모를 수도 있다. 대화방은 마음을 표현하는 방이 아닌가? 마음 상했다고 대놓고 싸우자는 것이 아니다. 서로의 마음을 보여주면 어지간해서는 마음 상하는 일은 생기지 않을 것이다.

소통을 위해 친구들과 함께 만들어가는 대화방은 서로의 노력이 필요하다. 함께하려는 마음이 모이면 좋은 공간으로 만들어지기도 하지만 나만 생각한다면 불편한 공간이 될 수도 있다. 날마다 좋을 수는 없는 일이다. 모두가 내 마음 같지 않다는 것도 잊지 말아야 한다. 내 마음이 시들하거나 친구들이 불편하게 느껴질 때는 잠시 거리 두기를 하는 것도 답이 될 수 있다.

3

아무리 편해도
상처주기는 금물

친구 같은 부모가 되었으면 하고 바랐던 적이 있다. 아이들과 격의 없이 친하게 지내는 모습이 보기 좋아서 나도 그런 부모가 되고 싶었다. 그런 마음을 담아 아이들에게 편하게 대하려고 노력했는데 아이들은 어떻게 생각할지 궁금하다. 아들과 딸이 중, 고등학교 다닐 무렵 너무 편하다 보면 버릇없는 행동이 나오게 될까봐 항상 강조했던 말이 있다. "편한 것과 버릇없는 것은 다르다."라고 말한 것이다.

　행동하면서 늘 잊지 않도록 부탁했던 기억도 떠오른다. 가끔 버릇없이 행동하는 것을 보게 될 때 너무 편하게 한 것은 아닌지 돌아보기도 한다. 하지만 격의 없이 지내는 것을 바라는 것은 예나 지금이나 변함없다. 아이들과 편하게 지내는 만큼 남편하고도 존중하는 편한 관계가 되고 싶었다. 하지만 원칙을 준수하는 보수적인 남자는 어쩌면 편한 행동을 버릇없는 행동으로 받아들일지도 모르겠다. 지난날을 돌아보면 아이들이 나에게 하는 행동으로 문제 삼는 경우가 가끔 있었다. 편한 것이 버릇없이 보일까 봐 염려했던 부분이다. 그렇게 보이는 행동에 대해 각자의 입장을 설명해도 의견이 엇갈리는 경우도 있었다. 누가 옳은지 그른지 문제가 아니라 생각의 차이가 아닐까. 그런 면에서 아이들도 엄마와 아빠를 대하는 행동이 많이 다르기도 했다. 엄마한테는 좀 더 편하게, 아빠한테는 좀 더 예의 바르게 행동했다고나 할까.

　오십이 넘어가면서 남편을 대하는 것이 많이 달라졌

다. 내가 변한 것인지 남편이 변한 것인지 알 수 없다. 지금보다 젊을 때와 비교하면 상대를 대하는 것이 많이 달라진 것을 느낀다. 굳이 누가 변했는지 따지자면 늘 편함을 주장했던 나는 아니다. 원칙을 준수하며 보수적으로 살았던 남편의 사고방식이 많이 바뀐 것이라고 해야겠다. 나이 들어서 변했다고 하기에는 뭔가 다른 계기가 있었을 것 같은데 정확히 알 수는 없다. 분명한 것은 예전에 비해 많이 느슨해졌다는 것이다. 그저 사람이 그렇게 변할 수도 있다는 사실이 놀랍다.

내가 원했던 친구 같은 부모의 모습이 되어가고 있어서 새삼 놀랍고 고맙다. 부모가 변하니 자식도 자연스럽게 변한다. 아빠의 변한 모습에 놀라면서 엄마를 대하듯 아빠한테도 편하게 대하는 모습을 보니 흐뭇하다.

편하지만 버릇없이 행동하지 말자는 생각에는 지금도 변함이 없다. 하지만 가끔 선을 넘어 언짢은 상황을 마주하기도 한다. 아이들도 그런 경우가 있지만, 나도 그럴 때가 있음을 스스로 느낄 때가 있다. 느슨해진 남편이 편해져서 막 대하고 있는 내가 보일 때면 주춤하게 된다. 버릇없는 행동은 아이나 어른이나 조심해야한다. 편하다고 상대를 무시하거나 기분이 상하게 해서는 안 된다. 늘 신경 쓰지만, 나도 모르는 사이 풀어지기 쉽다. 존중받는 것은 상대적이라는 생각이 든다. 내가 잘하면 자연스럽게 상대도 나에게 잘하게 된다. 내가 못된 마음을 가지고 행동하면 어떻게든 그 마음이 전해진다. 당연하겠지만 좋은 반응이 나오기 힘들다.

편한 사람을 대할 때 가족뿐만 아니라 친구 관계에서도 조심해야 한다. 친한 친구, 마음이 잘 통하는 친구는 마음을 열고 편하게 대한다. 그러나 편함을 넘어 무례한 행동으로 이어진다면 상대방은 분명히 상처받게 될 것이다. 친하다고, 친구를 잘 안다고 마음을 다치게 하는 언행으로 상처 주는 일은 하지 말아야 한다. 좋은 관계가 깨지는 것은 순간이다. 친해서 편한 것과 무례하게 행동하는 것은 다르다. 무심코 한 행동에 상대가 받는 상처는 오랫동안 마음에 남을 수 있다. 좋은 관계로 회복하려면 더 많은 시간을 투자해야 할 수도 있다.

무례함과 솔직함은 한 끗 차이다. 무례하게 행동해 놓고 난 솔직하게 표현했다고 생각하는 것은 아닌지 살펴봐야 한다. '우리 사이에 그런 말도 못 해?'라고 생각하며 강요나 불편함을 주는 표현은 솔직함이 아니라 무례함이다.

언젠가 나에게 충고해 준 친구가 있었다.

"너는 내가 이런 말을 해줘도 전혀 실천하지 않더라."

"지난번에도 얘기했는데 넌 여전히 안 하고 있잖아."

본인이 충고를 해줬으니 꼭 그렇게 해야 하는 것처럼 말하고 있다. 나를 위한 좋은 의도였으나 본인의 생각을 전달하는 반복되는 충고는 별로 도움이 되지 않았다. 오히려 불편한 마음이 생겼던 기억이 있다. 어떤 일이 생겼을 때 모든 결정은 자신이 해야 하는 상황에서 너무 깊게 관여해 충고하는 경우가 있다. 과한 충고를 받는 입장에서는 불편할 수 있다. 친한 마음에 친구를 위하는 마음이 커서 깊이 관여하게 되는 것이다. 이처럼 선을 넘는 충고는 도움이 되기보다는 불편함을 안겨준다. 편하다고 무례하지도 말고, 편하다고 불편하게 하지도 말자. 편하다고 상처 주는 일은 더더욱 없어야 할 것이다.

다시 보니
내 편은 남편

오십이라는 나이는 많은 것을 변하게 하는 나이라는 생각이 든다. 사십 대에는 느끼지 못했던 것을 오십 대가 되어서는 새롭게 알게 되는 경우도 많다. 개인적으로 큰 변화를 느끼게 된 것은 마음가짐이다. 세상을 바라보고 사람을 대하는 마음이 많이 달라졌다. 느긋해지고 여유 있는 마음이랄까, 조급함이 사라진 느낌을 받는다. 반대로 참을성이 사라진 듯 잘 참지 못하는 것도 변화라면 변화다. 느긋해진 마음이면서 때로는 어떤 상황에서 참지 못하는 것을 보면 역시 오십이라는 나이는 변덕이 죽 끓듯, 마음을 알 수 없는 나이임이 틀림없다.

오십이 되어 변한 것 중 다행인 것은, 남편에 대한 생각이 달라졌다는 것이다. 고집쟁이에 답답한 사람으로 치부했던 남편에 대한 생각이 오십이 되면서 완전히 바뀌었다. 고집스럽고 답답하게 여겼던 성격은 가볍지 않고 진중함이 되어서 무슨 일이든 지나고 보면 합리적인 결론에 이르는 것을 볼 수 있다. 오히려 급하게 생각한 나에게 문제가 있었음을 깨닫게 된 것이다. 오십이 되어서야 철이 드나 보다. 잘났다고 큰소리치며 살았던 지난 세월이 부끄러워진다.

오십이 되면서 크게 와 닿는 또 하나의 변화는 건망증이 심해졌다는 것이다. 돌아서면 잊어버리는 일이 너무 많이 발생한다. 얼굴 보며 이야기해놓고 뒤돌아서 다른 행동을 할 때 어이가 없음이다. 갈수록 심해지는 건망증을 보완해 주는 사람이 남편이다. 메모해 주고 미리 알려주고 다시 확인해 주면서 도움을 주는 모습에 속으로 감동한다.

어쩌면 처음부터 이렇게 배려하며 살고 있었는데 내가 미처 알아보지 못한 것은 아닌지 모르겠다. 내가 옳고 내가 하는 것이 맞는다고 우기는 경우가 많았다. 혼자 잘난 체하며 사느라 상대의 마음을 미처 알아보지 못한 것은 아닌지 돌아보게 된다.

얼마 전에 몸살이 심해서 약을 먹었는데도 차도가 없었다. 혹시나 하는 마음에 검사해 보니 코로나 19 바이러스에 감염되었다. 병원에서 확진 판정을 받고 7일 동안 격리 생활을 하게 되었다. 7일 동안 강제 휴가를 받은 셈이다. 일주일을 어찌 보내야 하나 걱정이었는데 내 생애 최고의 일주일을 보낸 거 같았다. 쉼, 말 그대로 7일 동안 최고의 쉼의 시간을 가질 수 있었다. 그럴 수 있었던 것은 남편의 배려와 보살핌이 있어서 가능했다.

"밥 먹자, 입맛 없어도 다 먹어."

"밥은 혼자 챙겨 먹을 수 있는데."

"무슨 소리야, 꼼짝 말고 챙겨주는 대로 잘 먹고 얼른 회복하기나 해."

아침을 챙겨주고 출근했다가 점심시간이 되면 집에 와서 다시 점심을 챙겨주고 퇴근 후에 저녁까지 완벽하게 챙겨주었다. 일주일 격리 기간 중 3일째는 몹시 아프고 힘들었지만, 4일째는 어느 정도 일상생활을 할 수 있었다. 그렇게 일주일 내내 정성스럽게 보살피고 챙겨주는 남편에게 눈물이 날 지경이었다. 출산 후에도 그런 극진한 대우를 받아본 것 같지 않다. 그때는 시어머니의 보살핌이 있어서 할 수 없었을까? 아무튼, 코로나19 확진으로 남편을 다시 보게 되었다.

가만히 생각해 보니, 예전에도 극진히 보살펴준 기억이 있다. 대장암 진단을 받고 우여곡절 끝에 개복수술을 했을 때의 일이다. 개복수술을 하면 많이 움직여야 회복이 빠르다는 의사 선생님의 말을 듣고 운동해야 한다며 병원 복도를 수도 없이 걷게 했다. 수술한 곳이 아파서 움직이기도 힘든 상황에서 걷는 운동을 쉬지 않고 시켰다.

그때는 병원에 오지 않았으면 좋겠다고 생각을 했었다. 아픈 데 운동하라고 다그치던 남편의 행동이 그렇게 못마땅했으니까. 하지만 지금 생각하니 모두 나를 위한 것이었다. 빨리 회복하기를 바라는 마음이 컸던 남편의 마음을 미처 알지 못한 것이다. 또 안면마비로 인해 사람들을 피하고 집안에만 있는 나에게 밖으로 나가 활동하라고 다그치기도 했다. 그때는 내 상황을 전혀 고려하지 않는 채 그렇게 말하는 남편을 이해할 수가 없었다. 하지만 그 또한 나를 위한 행동이었다. 자꾸 사람을 피하고 혼자서 생활하는 것에 익숙해져 마음의 병이 될까 봐 염려한 것이다. 하고 싶은 것 하면서 활기찬 생활이 되기를 바랐던 것이다.

남편의 행동에 불만이 먼저 앞섰던 시간이 많았다. 겉으로 보기에 나와 다른 의견을 내고 본인의 뜻대로 우긴다고 생각한 적이 많았다. 의견이 다르고 고집 부린다고 단정 지으며 그 너머에 있는 마음을 보려고 하지 않았다.

이제야 젊은 날의 어리석은 행동에 대한 후회와 선부른 판단에 반성하게 된다. 만약 남편에게 서운한 마음을 가지고 있다면, 다시 한 번 살펴보길 바란다. 보이지 않는 남편의 마음도 잘 살펴봤으면 좋겠다. 나이 오십이 되어 다시 보니 남편은 처음부터 내 편이었다. 그 마음을 알아차린 것이 너무 늦지 않아서 다행이다.

5

부모도 의지하고
싶을 때가 있다

세월에 장사 없다고 나이 드는 것을 어찌 막을 수 있을까? 아이들이 자라 성인이 되는 것을 보며 시간 참 빠르다고 생각하면서 내 나이 먹는 것은 생각 못 했다. 내 나이가 오십이 넘었음에도 부모의 나이를 생각하지 못하고 항상 젊은 날의 모습을 기억하게 된다. 결혼 후 만난 시부모님의 모습은 지금의 내 나이쯤이었다. 젊은 날 그때의 모습이 아직도 생생하게 떠오른다. 30년의 세월이 흘렀으니 나도 나이 먹고 부모님도 세월을 거부할 수 없음이다. 어느새 그 당시 부모의 나이가 되어 더 나이 드신 부모를 보살펴야 할 때가 되었다.

너무 늦지 않게 적당한 나이가 되어서 결혼했다. 요리하는 것을 배우지 못한 채 결혼해서 시댁에서 함께 살았다. 어느 날 저녁을 먹기 위해 준비하던 중이었다. 여러 가지 쌈 채소를 씻어서 식탁에 올려놓았다. 그 모습을 보신 아버님께서 "배추는 씻어서 이렇게 놔야 물이 빠져서 먹기가 좋지 않겠니?" 하셨다. 그렇다. 나는 배추를 씻어서 엎어놔야 한다는 것을 몰랐다. 그 모습을 보고 얼마나 한심했을지 지금 생각해도 숨고 싶은 심정이다.

그렇게 한심했던 새댁은 시댁에 살면서 시어머니의 살림 솜씨를 어깨너머로 하나씩 배우기 시작했다. 배운다는 것은 혼자 생각이고 시어머니가 하신 모습을 옆에서 보는 것이 전부였다. 직접 하는 일은 없었기에 내가 잘 배웠다고 장담할 수 없다. 그렇게 어설펐던 새댁이 어깨너머로 배운 솜씨로 식구들 밥 해먹이며 열심히 살고 있다.

젊고 건강했던 두 분은 무슨 일이든 의지하지 않고 직접 하시는 편이었다. 같이 살면서 내가 도움을 받으며 살았지, 어른들로 인해 불편함을 겪은 적이 거의 없었다. 7년을 함께 살면서 서로 얼굴 붉히는 일이 없었으니 아무것도 모르는 나를 봐주느라 얼마나 마음고생 하셨을까? 그저 감사한 마음이다. 철부지 새댁을 예쁘게 봐주시던 그 모습으로 언제까지나 건강하게 사실 줄 알았다. 또 그러기를 바라는 마음이었다. 사느라 바빠 시간이 그렇게 흘러가는 것을 의식하지 못하는 동안 부모는 나이 들고 많이 약해졌다. 그 모습을 바라보는 자식의 마음이 안타깝다.

몸이 편찮으신 아버님은 병원에 다니는 일이 누군가의 도움을 받지 않으면 움직임이 쉽지 않다. 아들, 며느리의 도움을 받으며 "이제는 너희들 없으면 아무것도 못 하겠구나."하실 때는 매우 속상했다. 스스로 약해졌다고 느끼며 할 수 있는 일이 없다고 판단될 때 삶의 의욕이 많이 사라지는듯하다. 기운을 북돋아 주려고 애를 써도 누군가에게 의지하려는 마음이 강해진다.

부모가 자식에게 의지하게 될 때는 언제일까? 몸이

아파 회복이 안 될 때는 어쩔 수 없이 의지하게 된다. 마음대로 움직이지 못하는 자신의 처지가 속상해도 의지할 수밖에 없지 않을까?

부모라면 자식에게 의지하는 순간이 오기를 바라지는 않을 것 같다. 하지만, 원치 않아도 그 순간이 찾아올 때가 있으니 안타까운 마음이다.

몸이 아파 한꺼번에 무너진 아버님을 지극정성으로 대하는 남편과 저를 보며 아들이 이런 말을 한 적이 있다. "엄마, 나는 엄마 아빠한테 그렇게는 못 할 거 같아. 그러니 절대 아프지 마세요."라고. 이런 말을 하는 현실적인 아들을 보고 순간 얄미운 생각이 들기도 했다. 하지만 아들을 탓할 수만 없다는 생각이다.

요즘은 아프면 요양원에 가서 각자 편하게 생활하는 것을 선택하는 것이 추세다. 금전적으로 부담이 되더라도 직접 보살피고 부양하는 것을 하지 않는다. 아들에게 말하고 싶다. "아들아, 지극정성으로 보살피는 것은 기대하지 않는다만 때로는 부모도 자식에게 의지하고 싶을 때가 있단다."라고.

갑작스럽게 질병이 찾아온 아버님은 많은 부분을 아들, 며느리의 도움을 받았다. 그런 상황에서 어머님에 대해 미안한 마음을 크게 가지고 계신다. 평생 뒷바라지를 했는데 나이 들어서도 편안한 노후를 보내지 못한 것에 대해 미안해 하셨다. 병든 몸이 되어 폐를 끼치고 있다는 생각이 크신 것 같다. 정작 어머님을 위해 무엇이라도 해주고 싶어도 현실적으로 할 수 없는 몸이 되고 보니 더 미안하고 속상해 하신다.

부부란 그런 마음인가 보다. 나이 들수록 부부가 서로 의지하는 마음은 더 커진다. 만약 내가 아프면 자식보다 남편에게 의지하게 될 거 같다. 어머님 아버님도 그런 마음이겠지만, 도리 없으니 자식에게 의지하는 것은 아닐까? 평생 자식을 위해 사셨으니 이제는 자식에게 의지해도 된다고 말하고 싶다.

6

요양병원을 알아볼
나이가 되었구나

요양등급을 받기 위해 시부모님 두 분 모두 요양급여진단 신청을 했다. 생각지도 않던 일이었는데 갑작스럽게 질병이 찾아오고 거동이 불편해지니 현실적으로 생각하지 않을 수 없었다. 직장생활 하는 자식들이 하루 종일 돌보는 것은 현실적으로 힘든 상황이다. 요양등급을 받으면 일상생활을 하는데 요양보호사의 도움을 받을 수 있다. 약속날짜에 건강보험공단 직원이 나와서 두 분의 상태를 확인했다.

여러 가지 질문에 대한 대답을 파악하고 상황에 대한 행동과 판단을 하는 과정을 살폈다. 출장 나온 직원의 판단내용이 중요하다. 병원에 가서 의사의 진단소견서까지 받아서 제출해야한다. 공단직원의 실사와 의사의 소견서를 기준으로 전체적으로 판단한 후 등급이 결정된다. 진단결과 어머님은 등급이 책정되지 않았고 아버님은 요양등급 4급을 받았다. 가족들에게 4급 등급을 받았다고 알렸더니 그럼 요양병원에는 못가겠다고 한다. 애초에 요양병원보다는 일상생활에서 도움을 받고자 함이었으니 크게 아쉬울 것은 없다. 하지만 현실적으로 요양병원에 가야할 경우도 생길 수 있다는 것을 뒤늦게 깨달았다.

부모님이 요양병원에 가게 될 수도 있다는 사실을 한 번도 생각해보지 않았다. 그동안은 양가 부모님이 모두 건강하셨기에 생각해볼 여지도 없었다. 그러다가 막상 몸이 아프고 거동이 불편해지니 현실적인 문제로 다가왔다. 만약 누군가 책임져야할 상황에 놓인다면 누가 선뜻 나서서 할 수 있을까? 부모님 입장에서 서운할 수도 있겠지만 과연 자식 중에 선뜻 나설 자식이 있을까 싶다. 현실적으로 쉬운 일이 아니라는 것을 생각하면 나서지 못하는 자식들이 나쁘다고만 할 수도 없다. 아픈 부모를 자식들이 모른 체 하지는 않겠지만, 많은 어려움이 따를 것은 확실하다. 주변을 살펴보면 이미 요양병원에 부모를 모신 분이 있기도 하다. 요양원에서 오랫동안 생활하는 부모를 뒷바라지 하는 사람도 있다. 누가 되었든지 집을 떠나 시설에 들어가 도움을 받으며 지내야하는 상황은 마음 아픈 현실이다. 지금 당장은 아니라고 해도 남의 일로만 생각할 수도 없는 일이다.

나이 드는 것도 서러운데 아픈 몸이 되는 것은 더 서럽다. 우리의 부모세대는 평생 자식을 위해 일만 하며 지낸 부모가 많다. 젊어서 고생을 많이 해서 나이 들어 골병이 들었다는 말을 많이 듣는다. 골병이 들 정도로 가족들을 위해 일하며 살아온 인생이다. 그런데 현실은 병든 몸만 남게 된다. 마음 아프고 슬픈 일이다. 주변에서 요양원에 모셔본 사람들은 오히려 쉽게 말하더라. 거동이 불편하고 몸이 아픈 상태라면 요양원에 가는 것이 본인도 좋고 가족에게도 피해를 주지 않는다고. 아직 한 번도 경험해보지 못한 사람 입장에서 그런 결정이 쉽지는 않을 듯하다. 어떤 것이 좋을지 알 수 없는 일이다.

내가 아는 분은 아내가 요양원에 들어가야 할 상황이 되자 건강한 남편이 함께 들어갔다. 아내 옆에서 보살펴야 한다며 자신의 삶을 포기하고 요양원에서 함께 생활하고 있다. 10년 넘는 세월 동안 아내 옆에서 지극정성으로 보살피는 남편은 어떤 마음일까? 보살핌을 받는 아내는 또 어떤 마음일까?

누구나 쉽게 할 수 있는 일은 아니다. 대단한 마음이다. 나는 과연 그렇게 할 수 있을까 궁금해진다. 두 분은 요양원에서 보내는 시간이지만 함께여서 행복하지 않을까? 서로를 사랑하는 마음이 없다면 불가능한 일이다. 이렇듯, 사람마다 상황이 다르기에 현실적인 판단으로 요양원에 모신다고 무조건 부정적인 시선으로 바라볼 일은 아니라는 생각이 든다.

"엄마 건강하시지?"
"그래, 넌 어떻게 지내?"
"주말에 엄마 계시는 요양원에 다녀왔어, 한 달에 한 번 뵈러 간다."

　얼마 전 친구와 통화한 내용이다. 이제는 이런 통화가 낯설지 않다. 요양시설에 모시는 일은 아직 경험해 보지 못한 일이기에 좋고 나쁘고를 판단할 수는 없다. 선택해야 하는 순간이 온다면 가족들의 의견을 참고해 현실적으로 판단해서 결정할 거라 생각된다. 이제는 남 일이 아니라 눈앞에 닥친 현실이다. 어느새 나이든 부모를 보살펴야 하고 나 또한 나이가 들었음을 확인하게 된다. 요양원이든 요양병원이든 가족 중에 누군가 가야 할 일이 생겨도 너무 마음 아파하지 말아야 하겠다. 현실적인 문제로 받아들이는 것이 모두를 위하는 길이 될 수 있으니까.

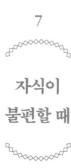

자식이
불편할 때

아무리 자식 자랑은 팔불출이라고 해도 가끔 자식 자랑으로 인해 기분이 좋아지고 힘이 날 때가 있다. 기운이 빠질 때 힘을 얻기 위해 일부러 조그마한 일이라도 자랑하기도 한다. 그렇게 자랑하고 싶은 자식도 가끔은 불편할 때가 있다. 부모 입장에서는 항상 챙겨줘야 할 자식이지만, 자식 입장에서는 본인도 성인이라고 어른 행세를 할 때가 있다. 어렸을 때는 무조건 부모의 의견에 따랐지만, 자식이 다 자란 후에는 그럴 수 없다.

사소한 예를 들어보면, 집안 행사가 있어서 일정을 맞춰야 할 때 어른들의 일정보다 더 바쁜 자식들의 일정에 맞춰야 하는 경우가 생긴다. 당연한 일일 수도 있지만 자식 위주로 돌아가는 일정에 부모가 밀리는 느낌을 받기도 한다.

오십 대가 되어보니 성인이 된 자식들과 일정을 맞추는 것이 쉽지 않다. 우리의 부모는 어떨까? 나이 오십이 넘은 자식을 바라보는 부모는 불편함이 없을까 생각해 본다. 부모 입장에서 보면 오십이 넘어도 자식은 자식이다. 그런데 가끔 자식이 부모 노릇을 하려고 할 때가 있다. 일주일에 한 번씩 방문하는 부모님 댁에서 자꾸 부모님 살림에 참견한다. 한두 번은 그러려니 하겠지만 반복되면 자식이 오는 것을 불편해할 수도 있을 것 같다. 자식은 부모님의 일상을 보살피는 의미로 이것저것 참견하는 것일 수도 있다. 하지만 받아들이는 부모 입장에서는 원하지 않을 수도 있는 일이다.

나이가 많든 적든 내 공간을 방해받는 것을 좋아하는
사람은 없을 테니까,

"환기를 자주 시키세요."
"집안에서도 왔다 갔다 움직이세요."
"음식 드실 때 천천히 드세요."

부모님 댁에 방문하면 남편은 이런 당부를 하고 또
한다. 자식에게는 무거운 입이 부모 앞에서는 잔소리
가 늘어나는 남편의 모습을 보게 된다. 남자 나이 오십
이 넘으면 말이 많아지는 것일까? 물론 부모를 생각하
고 염려하는 마음으로 이것저것 참견한다는 것을 안
다. 하지만 부모를 만날 때마다 반복되는 잔소리를 좋
아할 부모가 몇이나 될까? 잔소리로 부모를 불편하게
하는 것은 아닌지 염려된다. 물론, 자식이 어떤 마음으
로 잔소리하는지 부모가 모를 리 없다. 그렇다고 해도
부모가 자식에게 불편함을 느끼지 않도록 조금은 조심
해야 하지 않을까.

친정엄마와 언니는 서로 친하면서도 부딪히는 경우가 많다. 부딪힌다기보다 언니가 일방적으로 당한다고 해야겠다. 농사를 짓는 엄마는 날마다 바쁘다. 집안에서도 들판에서도 잠시 쉴 틈도 없이 열심히 일하신다. 부지런한 일상만큼이나 하루의 계획이 빠듯하게 세워져 있다. 수시로 통화하는 언니는 엄마의 일정을 꿰고 있다. 그런데도 어느 순간 타이밍을 잘못 잡아 전화하게 되었을 때 엄마의 불친절을 확인하게 된다.

안부 전화를 했을 뿐인데 당하는 언니는 억울하다. 하지만 엄마 입장에서는 불편한 순간이다. 전화 통화로 인해 일하는 것에 지장이 생기기 때문이다. 할 일이 태산인데 하던 일을 멈추고 장갑을 벗고 차분히 전화 통화를 할 만큼 마음에 여유가 없다. 이처럼 부모와 자식의 입장이 다르다. 자식으로서 부모의 안부가 궁금해서 전화하는 것이 불편함을 줄 거란 생각은 하지 못한다. 부모의 편안한 일상을 위해 이것저것 챙기며 간섭하는 일이 불편하게 할 수도 있다는 사실을 깨닫지 못한다. 모두 자식의 입장에서 생각하기 때문이다.

살아가면서 부모가 자식에게 주는 사랑은 이루 말할

수 없이 크다. 자식이 부모를 생각하는 마음은 결혼하고 부모가 되면서 점점 커지는 거 같다. 부모가 되어봐야 부모 마음을 안다고 했던 어른들의 말씀이 하나 틀리지 않는다. 나이 오십은 자식이기도 하고 부모이기도 한 애매한 자리에 서 있다. 자식이 처한 상황도 파악해야 하고 부모의 환경도 살펴야 한다. 자식에게는 당당한 모습을 보여주고 싶다. 부모에게 불편하지 않은 자식이 될 수 있도록 현명한 판단이 필요한 시기다.

작고 사소한 불편함을 주는 자식에게는 더 많이 베풀어야 할지도 모른다. 가끔은 불편함을 주더라도 부모의 환경은 계속 간섭하며 살펴야 할지도 모른다. 내가 좀 불편하더라도 자식은 자식대로, 부모는 부모대로 챙기고 보살펴야 하는 것이 오십 대의 현실이다. 나의 관심이 누구에게도 불편하지 않기를 바랄 뿐이다.

8

여전히 품 안의
다 큰 자식

아들과 딸이 대학을 졸업하고 직장 생활을 하면 한 집에서 함께 살고 싶었다. 지금은 그 꿈을 이루어 가족이 모두 한집에서 지내고 있다. 아들은 고등학교를 졸업하면서 집을 떠나 지내다가 군대를 다녀오고 대학을 졸업할 때까지 혼자 생활했다. 딸은 집을 떠나서 지내 본 적이 없다. 대학을 졸업하고 직장인이 되어서도 계속 함께 생활하고 있다. 간혹 친구들은 말한다. 성인이 된 아이들을 독립시키라고. 그래야 각자 알아서 자기 앞길 챙기며 살아간다고. 다 큰 자녀와 함께 살고 싶은 마음이 엄마의 욕심일까?

　직장까지 거리가 먼 딸은 독립을 원한다. 원룸이라도 얻어서 직장 가까운 곳으로 가고 싶어 했지만 반대했다. 경제적으로 부담도 있지만 집에서 출퇴근이 가능한데 굳이 나가서 혼자 생활하는 것을 권하고 싶지 않다. 직장과 가깝고 독립된 공간에서 생활하고 싶은 마음을 모르는 것은 아니다. 혼자 지내는 것이 잠깐의 행복보다 고생스러운 시간이 훨씬 많다는 것을 안다. 그런 고생을 미리 겪을 필요는 없다는 생각이다.

　부모 그늘에 있을 때가 행복이라는 것을 아직은 모르겠지. 지금 딸의 나이쯤 서울에서 직장 생활을 시작했다. 서울에 의지할 곳이 없어서 처음부터 자취 생활을 시작했기에 그 생활이 얼마나 외롭고 힘든지 안다. 그 시절과 환경이 바뀌었다고 해도 혼자 보내는 삶은 자유와 함께 외로움이 존재한다.

서울에 살면서 지방으로 대학에 가야 했던 아들은 대학 입학 후 기숙사 생활로 시작했다. 재학 중 군대를 다녀오고 나서 자취 생활을 하며 대학 생활을 마무리했다. 대학을 졸업하고 나서야 서울에 있는 집으로 올 수 있었다. 몇 년을 타지에서 자취하면서 고생을 많이 했다. 힘든 시간을 보내며 확실히 철이 들었고 어른이 된듯하다. 그렇게 고생하며 보냈으니 이제는 부모 그늘에서 편안하게 직장 생활을 했으면 하는 마음이다.

요즘 젊은이들처럼 아들도 독립하고 싶어 했다. 부모의 간섭에서 벗어나 혼자만의 자유로운 공간을 원했지만, 아들은 현실적이다. 독립할 경우에 지출되는 비용을 생각하며 손익을 따져보더니 그냥 함께 사는 쪽을 택했다.

"당신은 아들에게 왜 그렇게 관대해?"
"당신은 딸에게 왜 그렇게 너그러워?"

아들딸을 대하는 모습에 대해 우리 부부가 가끔씩 서로에 대해 지적하듯 대화가 이어지기도 한다. 자식이 성인이 되니 아들딸을 대하는 부모의 관점이 달라진다. 나는 아들에게 관대하다. 남편은 딸에게 관대하다. 예를 들면, 아들이 친구들을 만나 술 한 잔하고 늦게 들어오면 나는 재밌게 놀다가 늦나보다 생각하고 기다린다. 남편은 왜 그렇게 늦게 다니느냐며 싫은 소리를 한마디 건네며 자신도 스트레스를 받는다.

반면에 딸이 늦은 귀가를 하게 되면 엄마인 나는 엄청 스트레스를 받는다. 뭐 하느라 그렇게 늦게 다니느냐며, 술 마시고 늦은 시간에 다니지 말라는 잔소리를 하곤 한다. 남편은 그럴 수도 있지, 왜 자꾸 스트레스를 주냐며 나에게 편잔을 주곤 한다. 생각해 보니 우리 부부의 반응이 어이없다. 아들이나 딸이나 똑같은 상황인데 너무 다른 반응을 보이는 부모의 모습이 우습다.

함께 살면서 부모의 잔소리가 반가울 리 없겠지만 한 귀로 듣고 한 귀로 흘리는지 애들은 괘념치 않는 것 같다. 똑같은 일로 반복되는 잔소리를 들으면서 고쳐지지 않는 걸 보면 신경 쓰지 않는 게 확실하다. 사소한 귀가 문제로 본인들의 의견과 상관없이 부모만 아웅다

웅하는 모습이라니. 어쩌면 부모만 자식 바라기를 하는지도 모르겠다.

자식이 결혼하기 전까지는 한집에 살면서 사소한 일상을 나누며 살고 싶다. 오래전부터 꿈꾸던 작은 소망이었다. 함께 살아도 평소에는 바쁘게 사느라 서로를 챙기지 못하지만 주말 풍경은 좀 다르다. 여유 있게 늦은 아침을 먹으면서 서로의 일상을 이야기하며 시간을 보낸다. 가끔은 아들이 아침을 준비하기도 하고, 때론 남편이 준비하기도 한다. 어느 때는 아들과 함께 내가 준비하기도 한다. 진수성찬은 아니더라도 함께 밥 먹는 그 시간이 좋다.

자식들로 인해 부부가 아웅다웅 다투더라도 다 큰 자식 품 안에 끼고 사는 나는 행복하다. 조금 더 이 행복을 누리고 싶다. 누가 뭐래도 내가 행복하면 그만이지.

9

내가 만약 할머니가 된다면
(아들의 결혼 걱정)

얼마 전, 친구들의 대화방에 신생아 사진이 올라왔다. 천장에 걸어놓은 모빌을 따라 움직이는 눈동자가 초롱초롱하다. 웃는 모습이 천사 같다. 결혼한 딸이 아기를 낳았다며 친구가 전하는 소식이다. 너무 작아서 만지지를 못하겠다고 하더라. 두 딸을 낳아 키웠음에도 오래전 일이라 아기를 보니 새삼스러운 모양이다. 그렇게 작고 꼬물거리던 아기가 자라서 어른이 되었다.

주변의 친구들을 보면 대부분 자식이 결혼할 나이가 되었다. 이미 결혼해서 아이를 낳은 자녀가 있기도 하지만 아직은 결혼을 해야 할 자녀가 훨씬 많다. 오십 대가 되면 자녀가 다 자라 경제활동을 하게 되니 조금 여유로워질 줄 알았는데 또 다른 걱정이 따른다. 바로 자녀들의 결혼이다. 부모의 도움 없이 기반을 닦기가 쉽지 않은 현실이 부모의 걱정을 만드는 것이다.

아이들이 다 자라서 자기 몫을 하고 있으니 학생이었을 때 지출되었던 교육비와 용돈이 들어가지 않게 되었다. 그런 상황이 현실적으로 조금 여유가 생긴 듯이 마음이 가벼워졌다. 이제는 마음 편하게 하고 싶은 거 하면서 살아도 되겠다고 생각했다. 그렇게 기대에 부풀어 있는 나를 보며 염려하는 남편의 마음이 불편하게 다가온다. 아직도 해야 할 일이 많은데 조금 여유가 생겼다고 돈 쓸 궁리부터 한다는 것이다.

사회 초년생이 벌면 얼마나 번다고 취직했다고 손놓고 본인 즐길 궁리를 하냐는 것이다. 금방 결혼할 시기가 다가온다는 것이다. 결혼하게 되면 집을 마련하는 것만 해도 한두 푼 드는 일이 아닌데 생각이 없다고 핀잔을 주었다. 참 나, 어이가 없었다. '그럼 평생 돈 벌어 자식들 다 주고 나는 언제 누려보냐?'라고 소리 지르고 싶었다. 하지만 현실을 인정해야 했다. 나라고 그런 생각을 하지 않았겠는가? 잠시, 지금 당장 결혼할 것은 아니니 아주 짧은 시간이라도 숨 좀 트이고 싶은 마음을 몰라주니 짜증이 난 것이었다.

언젠가 아들이 물었다. "내가 결혼하면 얼마나 지원해 줄 수 있어요?"라고. "대학까지 공부시켰으면 이젠 알아서 해야 하는 거 아니니?"라고 대답했다. 하지만 현실의 답답함을 느낄 수밖에 없었다. 아들이 아무리 성실하게 직장 생활을 하더라도 서울에서 내 집 마련은 커녕 전셋집 마련하기도 쉽지 않은 일이라는 것을 알기 때문이다. 그렇다고 직장을 그만두고 성공 여부가 불확실한 사업에 도전할 수도 없는 일이다. 사업을 아무나 할 수 있는 것도 아니지 않은가.

결혼정보 회사 듀오에서 최근 2년 이내에 결혼한 신

혼부부 1,000명을 대상으로 조사한 '결혼 비용 보고서'를 발표했다. 이 보고서에 따르면 총결혼 비용이 평균 2억 9천만 원에 달하는 것으로 나타났다. 그중에 가장 큰 비중을 차지한 것은 역시 주택 마련 비용이었는데 평균 2억 4천만 원인 것으로 조사되었다. 이런 현실 때문에 결혼을 생각하지 않는 젊은이들의 소식도 들려온다. 안타까운 현실이다. 이렇게 집값이 비싸서야 어디 제대로 된 집에서 신혼살림을 시작할 수 있겠는가? 그러니 결혼 적령기에 접어든 자식을 둔 부모가 걱정을 안 할 수가 없는 것이다. 자식 둘을 결혼시키고 나면 노후 자금이 남아있을까? 집 팔아 자식들 결혼시키고 시골로 내려가야 하는 것은 아닌지 모르겠다.

현실적인 부분을 생각하니 이미 자녀를 결혼시킨 부모들이 위대해 보인다. 주변에서는 결혼한 자녀를 위해 크게 경제적인 지원을 했다는 소식은 듣지 못했다. 그렇다면, 신혼부부가 머리를 맞대고 스스로 알아서 진행했다는 것인데, 현명한 판단이라 생각한다. 아무리 평균이라고 하지만 3억 원에 가까운 돈이 결혼 비용이라고 한다면 부모에게도 결혼 당사자에게도 부담이 아닐 수 없다. 본인에게 맞는 현실적인 방법을 찾는 것이 필요하다고 생각된다.

경제적으로 여유가 있어서 결혼하는 자식을 위해 부담 없이 지원해 줄 수 있다면 부모도 좋고 자식에게도 좋은 일이다. 하지만 현실에 맞지 않게 욕심을 부린다면 부모와 자식 모두에게 결혼은 부담으로 다가올 수밖에 없다. 요즘은 결혼을 현실적으로 바라보며 예비 부부가 함께 부담하는 경우도 많다. 결혼은 혼자가 아닌 둘이 하는 것으로, 서로 합의하여 결혼 비용에 대한 부담을 나눠 갖는 것이다.

자식을 결혼시킨 부모는 손주가 그렇게 예쁠 수가 없다고 말한다. 내 자식 키울 때는 몰랐던 것을 손주를 보며 알게 된다고 한다. 아들, 며느리보다 손주가 보고 싶어 만나는 날을 기다리는 것이 힘들다고 말한다. 그렇게 예쁘다는 손주, 나도 만나고 싶다. 부모에게 부담 주지 않으면서 현실에 맞게 현명하게 결혼할 수 있는 좋은 방법은 없을까?

커리어

◇◇◇◇◇◇◇

치열하게 쌓아온 경력, 이제
그만 포기해야 할까?

1

매일 한 시간씩 우는 아이와
씨름했던 직장생활

워킹맘의 하루는 눈을 뜨면서부터 분주해진다. 6살 아들과 두 돌이 지난 딸은 엄마의 시간에 맞추어 하루를 시작한다. 웃으며 눈을 뜬 아이를 안아주고 기분이 상하지 않도록 조심스럽게 일어나기를 재촉한다. 내 마음은 벌써 바빠졌고 전쟁 같은 하루를 어떻게 잘 시작할 수 있을까 생각한다. 아이를 안고 욕실로 들어가 씻긴 후, 편하게 쉴 수 있게 해 주고 간단하게 먹을 수 있는 아침을 준비한다. 웃으며 일어났던 아이의 기분이 그대로 유지되도록 조심하며 아침을 먹는다. 즐거운 분위기로 아침을 잘 먹어주면 그날은 성공이다. 기분 좋게 어린이집에 가기가 쉬워진다. 퇴근해서도 아이를 데리고 집으로 오는 것이 순조로울 거라고 기대하게 된다.

6살 아들과 두 돌이 지난 딸은 같은 어린이집에 다닌다. 나의 출근 시간에 맞추어 등원하고 퇴근 시간에 맞춰 하원한다. 좀 더 자란 아들은 대화가 가능해서 어린이집에 오고 가는 일이 어렵지 않다. 아직 어린 딸은 낯선 환경에 적응하느라 예민한 반응을 보이며 곤혹스럽게 하는 일이 종종 있었다.

아침에 기분 좋게 눈을 뜨면 그나마 수월하다. 울지 않아서 씻기기도 쉽다. 기분이 좋으니 아침도 맛있게 먹는다. 어린이집 가방을 메고 집을 나서는 것도 가볍다. 그렇게 엄마 손을 잡고 기분 좋게 어린이집으로 향한다.

딸은 길가에 핀 꽃과 대화를 나누기도 하고 키 큰 나

무를 올려다보며 인사를 한다. 가끔은 바닥에 그림을 그리느라 출근 시간이 바쁜 나를 당황스럽게 한다. 그래도 울지 않고 즐거운 마음으로 시작한 하루가 고맙다.

퇴근 시간이 되면 마음이 바쁘다. 어린이집에 늦지 않게 도착하려면 서둘러야 한다. 부랴부랴 마무리하고 아이들을 데리러 어린이집으로 향한다. 퇴근 시간이지만 나는 다시 출근하는 기분이다. 저녁 육아시간이기 때문이다. 기분 좋게 시작한 하루였으니 퇴근길도 무난하길 바라는 마음으로 어린이집 문을 연다. 서둘러 왔는데 항상 마지막이다. 다른 아이들은 없고 아들과 딸만 남아있다. 그 모습은 볼 때마다 마음이 아프다. 속상하다. 아이들을 안아주고 가방을 챙겨서 어린이집 문을 나선다. 유난히 피곤할 때는 바로 집으로 가기도 하지만, 대부분 간단한 장보기를 위해 아이들과 함께 마트에 들른다. 가끔 군것질도 하고 어쩌다 물건을 사달라고 조르면 사주기도 한다. 집에 들어가기 전에 잠시 여유 있게 보내는 시간이다. 아이가 충분히 기분전

치열하게 쌓아온 경력, 이제 그만 포기해야 할까?

환을 했다고 판단되면 집에 갈 준비를 한다. 딸은 엄마 손잡고 즐겁게 집으로 향한다. 오늘은 집에 잘 들어갈 수 있을까? 걱정되고 염려스럽다. 집이 가까워질수록 걱정은 커진다.

어린이집에서 무슨 일이 있었는지 재잘거리며 잘 걷는다. 엘리베이터를 타고 오르는 짧은 시간 동안 제발 무사히 집에 들어갈 수 있기를 기도한다. 13층 문이 열린다. 여지없이 운다, 운다, 또 운다. 오늘도 울기 시작한다. 두 돌이 지난 딸은 현관 앞에만 서면 운다. 악을 쓰며 서럽게 울며 꼼짝을 하지 않는다. 집 안으로 들어가지도 못하게 하고 다시 1층으로 내려가지도 않는다. 그냥 현관 앞에서 꼼짝하지 않고 서서 한 시간을 운다. 왜 그러는지 몰라서 달랬다가 혼냈다가 그냥 내버려 뒀다가 다시 달랬다가 혼내기를 반복한다. 이유를 알 수 없으니 답답하다. 기분 좋게 시작한 하루였고 집으로 돌아오는 길도 아주 좋았다. 왜 현관 앞에만 서면 울게 되는지 도무지 알 수가 없다. 딸아이를 안고 집으로 들어가면 기어이 나가서 운다. 알 수 없는 딸의 행동에 결국 내가 졌다. 그냥 두기로 한다. 스스로 그칠 때까지 기다려주기로 했다.

결혼하면서 7년을 시댁에서 함께 살았다. 계획하지 않았던 분가를 하게 되었고 딸은 아직 어린 나이지만 어린이집에 가게 되었다. 어른들의 일상에 큰 변화가 생기면서 아이들도 자연스럽게 변화를 겪게 된 셈이다. 아이들이 어린이집에 적응할 수 있도록 한 달 휴가를 내고 함께 보냈다. 한 달 동안 별 탈 없이 잘 지냈다. 어린이집에서도 아이들과 잘 어울리며 무리 없이 활동하는 모습을 보여주었다. 엄마도 아이들도 변화된 환경에 적응하느라 애쓴 시간이었다. 휴가가 끝나고 다시 출근하면서 시작된 딸아이의 울음은 거의 한 달 동안 계속되었다. 매일 같은 시간에 1시간 동안 울기를 반복했다. 뭐가 문제일까? 갈등의 기로에 섰다. 직장을 그만둬야 하나, 하루에도 몇 번씩 고민하는 시간이었다.

그렇게 매일 1시간씩 반복되던 울음은 한 달이 지나니 사라졌다. 어느 날부터 기분 좋게 집으로 들어갔다. 그날의 기분은 말로 표현할 수가 없다. 환경 변화에 대한 스트레스라고 막연하게 짐작해 볼 뿐이다. 어째서 그렇게 울었는지, 또 어떤 계기로 울음을 그쳤는지 지금도 알 수 없다. 언젠가 성인이 된 딸에게 물어보았다.

"어릴 때 그렇게 울었는데 기억나니?"
"전혀 기억나지 않는데~."

딸은 기억나지 않는다고 했다. 한 달 동안 엄마의 퇴근길을 그렇게 힘들게 했던 일을 딸은 기억하지 못한다. 차라리 기억나지 않는 것이 다행이라고 해야 할까? 일하는 엄마는 아이들이 보여주는 행동에 아주 민감하다. 작은 상처라도 엄마 탓인 것처럼 미안한 마음이 크게 작용한다. 한 달 동안 우는 아이를 보며 일하는 엄마여서 그런 힘든 시간을 겪게 했던 것은 아닌지 마음 아팠던 시간이었다.

아이들이 어릴 때는 함께 하는 시간이 부족해서 정서적인 결핍을 느끼게 될까 봐 염려스러운 마음이 컸다. 한 시간씩 울던 아이를 지켜보며 견뎌야 하는 시간으로 다시 돌아간다면 나는 여전히 그런 선택을 하게 될까?

　일하는 엄마가 아니었다면 딸은 그렇게 울지 않아도 되었을 것이다. 온몸으로 울면서 엄마에게 전하고 싶었던 어린 딸의 마음은 무엇이었을까? 지금도 궁금하다.

2

30년 차 직장인,
나에게 남은 건?

직장 생활을 이렇게 오랫동안 할 것이라고는 생각하지 못했다. 자연스럽게 시간이 흐른 것처럼 직장 생활도 그냥 자연스럽게 이어지고 있는 느낌이다. 30년 동안 직장 생활을 할 거라고 계획하고 했다면 어땠을까, 직장 생활을 위해 30년 공부 계획을 세워서 자기 계발을 했다면 어떤 모습이 되어 있을까? 가끔씩 이런 부질없는 생각을 하게 된다.

학교를 졸업하면 당연하게 경제활동을 위한 취직을 해야 하는 것이 순서였다. 월급이 많고 적음을 떠나 돈을 벌어서 집안에 보탬이 되어야 한다는 분위기에서 벗어날 수 없었다. 그 시절에는 대부분 어려운 환경이었고 졸업 후 돈을 벌기 위해 취직하는 것은 자연스러운 일이었다. 그렇게 시작해 직장 생활에서 번 돈은 나보다는 가족을 위해 사용되었다. 결혼 전까지 그렇게 가족을 위해 이어지던 직장 생활이었는데 결혼과 함께 왜 그만두지 못했을까?

예전과 비교하면 다른 세상이라고 해도 될 만큼 시대가 변했다. 내가 결혼할 당시에는 결혼과 함께 직장을 그만두는 여성이 많았다. 사회적 분위기가 여성이 결혼하고 직장 생활을 유지하기가 쉬운 일은 아니었다. 신혼 때 짧게 다니다가 결국 많은 사람이 그만두곤 했다.

그런 분위기에서도 나는 왜 직장 생활을 고집했을까? 돈 버는 일 외에 특별한 이유가 있었던 것은 아니었던 거 같다. 그냥 일하는 것이 좋았고 돈을 버는 일이 나쁘지 않았다. 무엇인가 꼭 이루고 싶은 일이 있어서 목표를 가지고 직장 생활을 고집했던 것은 아니었다. 시간이 지난 만큼 자연스럽게 직장 생활 경력이 늘어났다.

요즘은 자기의 성공을 위해서 많은 투자를 하고 직장 생활을 하는 것도 본인의 성장과 연결 지어 유지하는 것을 볼 수 있다. 뚜렷한 목표를 가지고 더 나은 성장을 위해 과감하게 퇴사를 결정하거나 이직하는 경우도 많이 보게 된다. 어쩌다 보니 직장 생활 30년 경력을 쌓게 되었다. 아무리 밥벌이를 위해 직장 생활을 유지했더라도 그 시간을 버티는 것은 쉬운 일이 아니다. 처음 시작은 밥벌이였으나 나중은 나의 일을 사랑했으니 가능한 일이 아니었을까? 처음부터 성장을 위해 계획적으로 직장 생활을 시작했다면 어땠을까? 분명 30년 후의 시간이 평범한 지금의 모습과는 많이 달랐을 것이라는 생각이 든다. 세무 관련 일을 하는 직장인으로서 전문적인 자격을 갖추기 위해 노력했을 것이다. 차근차근 준비해 성장해나가는 과정을 밟으면서 목표에

도달하지 않았을까. 이미 계획 없이 보낸 지난 시간을 아쉬워한다고 무슨 소용이 있으랴, 하지만 오십이 되고 보니 자꾸 뒤를 돌아보게 된다.

30년 차 경력의 직장인에게는 뭐가 남았을까? 지금까지 잘 먹고 잘살고 있으니 밥벌이로써 직장 생활은 아주 충실하게 잘 해낸 셈이다. 쉬지 않고 일하면 누구나 먹고사는 일은 무리 없을 테니 대단한 일이라는 생각은 들지 않는다. 나의 직장 생활을 도와주기 위해 아이들을 키워주신 시어머니의 희생에는 늘 죄송한 마음을 떨쳐버릴 수가 없다. 그때 당시 어머님도 일하고 계셨는데 그 일을 그만두고 아이들을 봐주신 일은 두고두고 감사하고 죄송하다.

함께 살다가 애들 다 키워주니 분가한다고 주변의 오해를 받기도 했다. 씁쓸한 기억이지만 남이 오해하든 말든 무슨 상관이겠는가, 당사자인 어머님이 상황을 알아주면 그만이지. 오랫동안 직장 생활을 하며 가장 미안한 마음을 갖게 한 것은 아이들이다. 분가하게 되면서 둘째인 딸은 두 돌이 지나면서부터 어린이집을 다녀야 했다. 초등학교에 다닐 때 엄마가 있어야 할 자리를 제대로 지켜주지 못한 미안함은 평생의 짐이다. 아이들에게서 뭔가 부족한 부분이 보일 때면 일하느라 돌보지 못한 내 책임인 것 같아 늘 미안한 마음을 가지고 살았다.

30년을 멀쩡하게 직장 생활을 하는 과정에 어려움이 왜 없었겠는가? 일하면서도 아이들 때문에 피가 마르게 애태우며 보냈던 날도 있었다. 집안일로 인해 일에 집중하지 못해 일을 그르칠 때도 있었다. 고비를 넘겨야 하는 우여곡절이 한두 번이 아니었지만, 그때마다 잘 버티고 지금까지 이어지고 있다. 꿋꿋하게 버틴 그 시간만큼은 토닥토닥해 주고 싶다. 밥벌이로 시작했으나 지금 하는 일이 나는 참 좋다.

30년 동안 일했으나 먹고 사느라 큰 부자는 되지 못했다. 하지만 30년 동안 일하면서 성실하게 살았다. 내가 하는 일에 대해 자부심이 있고 일하는 내 모습이 좋다. 누가 뭐라 해도 살아온 내 삶에 대해 나는 안다. 보란 듯이 내세울만한 성과는 없더라도 내 안에 쌓인 30

년의 세월을 고스란히 느낀다. 그 안에 자랑스러운 내가 있음을.

치열하게 쌓아온 경력, 이제 그만 포기해야 할까?

3

자랑스러운
내가 되기 위해

나를 자랑스럽게 내보일만한 것이 뭐가 있을까 생각해 보았다. 나는 지극히 평범한 오십 대 직장인이면서 가정주부다. 그리고 아내이고 엄마이고 딸이고 며느리다. 나와 같은 또래의 삶과 별다른 것 없이 비슷하다. 간혹 나와 비슷한 또래가 방송이나 뉴스를 통해 대단한 모습을 보여주는 경우가 있다. 그런 모습을 보면 '와, 어떻게 저렇게 살 수 있을까?'하고 박수를 보내게 된다.

사람들은 평범하게 사는 것이 행복이라고 말한다. 평범한 일상은 자칫, 지루한 일상의 연속이라고 받아들이기도 한다. 일상이 지루하면 어떻게 살까? 평범한 일상에서 작은 일이지만 스스로 자랑스럽게 느끼며 살 수는 없을까?

가만히 생각해 보자, 오십 대의 일상에서 대단히 크고 자랑스러워할 만한 일은 그리 흔하지 않다. 일상에서 마주하는 사소하고 작은 일이지만 남들이 나를 추켜세워 주는 일이라면 자랑스러워해도 되지 않을까? 스스로 자랑스러운 나를 발견하는 일도 일상에서 얻는 큰 즐거움이 될 수 있을 것이다. 그런 마음으로 나에게 즐거움을 주고 자랑스럽게 느끼는 사소한 일들을 떠올려볼까 한다.

요즘 가장 많이 듣는 이야기는 공감되는 글을 잘 쓴다는 이야기다. 친구들과 소통하는 공간에서 일상을 글로 쓰게 되었을 때 꼭 내 마음을 표현해 주는 것 같다고 말해준다. 그런 말을 들으면 내심 반갑고 기쁘다. 글을 쓰는 목적은 내 생각을 상대방에게 잘 전달하려는 것이 목적이다. 그런데 내 글을 읽고 나와 같은 마음을 느꼈다면 제대로 전달이 되었다는 뜻일 게다.

그럴 때마다 친구들의 반응은 나를 기쁘게 하고 글쓰기에 대한 자부심을 안겨준다. 글쓰기에 대해 재미를 느끼게 된 것도 처음 시작은 친구들의 반응에서부터 시작되었던 거 같다. 글을 읽으면 공감이 되어서 좋다는 반응은 글쓰기에 대한 자신감으로 이어졌다. 결과적으로 내가 글쓰기를 좋아하고 실천하게 된 것은 친구들 덕분이라고 해도 과언이 아니다. 내 글에 대한 친구들의 반응은 나를 자랑스럽게 만들었고 글 쓰는 재능을 발굴해 준 것이라 할 수 있다.

작년 겨울에 이런 일이 있었다. 힘들 때나 어려운 일이 있을 때 브런치스토리에 글을 써서 마음을 표현하곤 한다. 아픔을 겪으며 힘들었던 과정을 쓴 글을 보고 건강 관련 잡지사에서 제안이 왔다. 힘들게 이겨낸 투병 과정이 다른 사람들에게 희망을 줄 수 있을 거라 했다. 그러면서 극복 과정을 잡지에 실을 수 있도록 글을 써줄 수 있느냐고 물었다. 지나온 과정을 쓰는 일이 어려운 일은 아니어서 흔쾌히 수락했고 겨울 호 잡지에 글이 실렸다.

그 글을 본 엄마는 "바쁜 와중에 장한 일을 했구나." 하시며 좋아하셨다. 그저 글을 썼을 뿐인데 장하다고 하신 엄마의 한마디에 크게 감동했다. 별거 아닌 글 하나에 주변의 여러 반응을 보면서 스스로 자랑스러운 마음이 되기도 했다.

또 다른 아주 사소한 일을 이야기하자면, SNS를 이용하는 방법에 대해 잘 안다고 생각한다. 아마도 직장 생활을 하며 컴퓨터를 이용하는 일이 많으니 자연스럽게 알게 되는 것들이 대부분이다. SNS를 이용하면서 기능 사용법이나 새로운 기능에 대해 알려주면 그것이 나만의 능력이라고 말해준다. 검색하면 다 나오는 기능을 조금 빨리 이용하고 알게 된 것뿐이다. 그것이 특별한 능력이라고 할 수 없음에도 "어떻게 그런 기능을 잘 알아?" 하면서 친구들은 나를 추켜세워 준다.

이런 작은 칭찬에도 기분이 좋아진다. 작은 기쁨이 모여 큰 기쁨이 될 수 있으니 일상에서 얻는 사소한 즐거움을 기꺼이 받아들인다. 오십 대가 되면 빠르게 변하는 인터넷 세상에 적응하기 쉽지 않다. 하루가 다르게 변하는 정보 속에서 새로운 정보를 확인하고 적응해가는 것은 불편한 일이기도 하다. 다행히 나는 그런 부분을 받아들이는 것에 대해 거부감이 없다. 새로운 것을 배우고 익히면 그것도 기쁜 일이라 생각하니 이것 또한 일상에서 얻는 즐거움이다.

오십 대의 직장인으로 사는 일상이 날마다 즐거울 수만은 없다. 전업주부도 매일 비슷한 일상이 반복될 것이다. 나라를 빛내는 국가대표도 아니고 평범한 일상을 사는 내가 자랑스러울 일이 얼마나 있을까? 그런데도 스스로 자랑스러운 내가 되려고 노력한다. 일상에서 얻어지는 사소한 깨달음을 나의 자랑스러운 일로 승화시켜보자. 무시하면 사라져버리지만 내세우면 즐거움이 될 수도 있고 자랑스러운 재능으로 발전할 수도 있다. 오십 대도 가능성은 무한하니까.

4

타성에 젖은 직장생활,
변화가 필요해

별일 없이 한 해를 보내며 업무적으로 사고 없이 지냈으니 다행이라는 생각을 한다. 매년 반복되는 상황은 그 시간이 오래될수록 안일한 생각이 자리를 잡는다. '작년에 괜찮았는데 올해 무슨 일 있겠어?'하는 마음이 들기도 하고 그냥 습관처럼 긴장감 없이 반복된 일상을 이어간다.

처음 직장 생활을 할 때는 매일 업무일지를 쓰면서

일간 계획을 세우고 주간 계획을 세웠다. 월간 계획과 분기 계획도 열심히 세우지만, 계획대로 되는 일은 많지 않다. 업무의 특성상 하루 종일 일을 해도 진행이 안 될 때가 있다. 어느 때는 일이 술술 풀려 한꺼번에 많은 양을 처리하는 경우도 생긴다. 계획은 실제 업무와는 다르게 진행되는 경우가 많아서 그저 계획으로 끝나는 것이 대부분이다. 일에 적응이 되면서 계획은 큰 줄기를 잡는 정도로 세우고 세세한 계획은 세우지 않게 되었다. 모든 일이 그렇듯이 일하는 사람의 성향대로 계획도 따라가는 것 같다. 선배의 그늘에서 벗어나 혼자 일 처리를 할 수 있을 때부터 지금까지 나만의 방법으로 일을 하고 있다.

직장 생활을 하면서 나도 모르게 다져진 것이 있다면 책임감이라는 생각이 든다. 무슨 일이 있어도 내가 맡은 일은 꼭 해내야 한다는 생각을 가지고 살아왔다. 직장 생활을 하면서 회사나 동료에게 피해를 주는 일은 절대 하지 말자는 생각은 지금도 변함이 없다.
숫자를 다루는 세무 관련 일은 정확해야 한다. 그렇

다고 사람이 사무적으로 되어서는 안 된다. 그런 부분에서 사람에게 받는 스트레스가 존재하는 업무이기도 하다. 분석해서 정확한 답이 나와야 하는 일이지만 사람을 상대할 때는 서비스 정신을 발휘해야 한다. 그럴 때는 사무적인 일의 내용과 부드럽게 대해야 하는 행동이 상반되기도 한다.

열정이 가득했던 시절에는 일을 찾아서 했다. 일부러 일을 만들어서 정해진 일보다 더 많은 일을 하면서도 즐거웠다. 30년 차가 된 지금은 새로운 일이 생길까 봐 겁이 나기도 한다. 이제는 적당히 일하고 싶은 마음이 솔직한 심정이다.

이럴 거면 직장을 그만둬야 하는 거 아니냐고 할지도 모르겠다. 하지만, 많은 직장인이 이런 마음을 가지고 있지 않을까? 일은 적게, 월급은 많이. 놀부 심보 같지만 많은 사람이 부인하지는 못할 것이다. 사람 마음은 다 똑같으니까.

같은 업무를 반복적으로 오랫동안 하게 되면 매너리즘에 빠지게 되어있다. 기계적으로 일하게 되고 그런데도 일은 무난하게 처리할 수 있으니 일에 지장이 생기는 것은 아니다. 하지만 일하는 사람은 재미가 없다. 틀에 박힌 생활이 반복되면 신선함이 사라지고 일상에 대한 감각이 무뎌지게 된다. 타성에 젖어 이런 생활을 계속한다면 회사나 본인에게도 좋지 않다. 회사보다 본인 스스로 직장 생활에 흥미를 잃게 되지 않을까?

익숙한 업무에 긴장감이 사라지면 자칫 실수하기 쉽다. 초보도 하지 않을 실수를 하는 경우가 있다. 이런 실수를 하고 나면 스스로 용납이 되지 않아서 견딜 수 없게 된다. 오래전에 나도 그런 실수가 있었다. 나중에 보니 누가 봐도 이런 실수는 하지 않을 거 같은 실수를 저지른 것이다. 내가 일 처리를 그렇게 했다는 사실을 믿을 수 없을 만큼 자괴감이 들었던 경험이었다. "누구나 실수는 하잖아요, 잊어버리세요."라고 위로해 주던 동료들의 말도 귀에 들어오지 않았다.

그런 경험을 한번 하고 나면 직장 생활에 대해 회의감이 들기도 한다. 이일을 계속해야 하나, 그만둬야 하는 것은 아닐까, 별생각을 다 하게 되지만 시간이 지나면 잊히기 마련이다. 일을 못 한다거나 몰라서 실수하

는 것이 아니다. 매너리즘에 빠져서 일에 대한 긴장감
이 사라진 탓이다.

타성에 젖은 직장 생활에 활력을 넣어줄 변화는 어
떤 것이 있을까? 가장 중요한 것은 스스로 마음가짐을
늘 새롭게 하는 것이다. 날마다 출근해서 오늘 처리하
는 일은 처음 해본 것처럼 새롭게 바라보면서 집중하
는 태도가 필요하다. 내가 저지른 작은 실수로 회사나
거래처에 어떤 피해가 갈지 모르기 때문이다. 그 실수
로 인해 나에 대한 신뢰감이 사라질 수도 있다. 실수도
반복되면 그것이 그 사람의 실력이라고 했다. 실수는
누구나 할 수 있지만 직장 생활에서 실수가 반복된다
면 누구에게도 환영받지 못할 것이다.

한때 매너리즘에 빠져 일에 대한 즐거움이 덜할 때
가 있었다. 출근을 하면서도 일이 즐겁지 않으니 자연
스럽게 직장 생활이 재미가 없다. 모든 일이 시큰둥하
게 느껴지고 직장 생활을 계속 해야 하는지에 대한 고
민까지 했었다. 하지만 그 시기가 지나고 오십이 넘어

가니 새로운 마음이 생겼다. 일을 할 수 있다는 것이 감사하다는 생각이 들었다. 내가 할 수 있는 일이 있다는 것도 고맙게 생각되었다.

지금까지 성실하게 이어온 직장 생활이 어느 날 무료하고 재미없게 느껴진다면 자신의 마음을 변화시켜 보자. 매일 만나는 일도 새롭게 생각하고 감사하는 마음을 갖는 것. 나를 변화시킬 수 있는 가장 큰 힘이 아닐까 생각한다.

5

퇴사 후 나는
무엇을 할 수 있을까?

직장 생활을 언제까지 할 수 있을까? 나이 오십이 넘어가니 자꾸만 생각이 많아진다. 정년이 정해진 것은 아니지만 점점 직장 생활을 방해하는 요소가 하나둘 나타나기 시작한다. 그래서 스스로 부담을 느끼게 되니 퇴사를 생각하지 않을 수 없다.

가장 먼저 방해가 되는 것은 노안이 찾아온 것이다. 돋보기를 쓰지 않으면 작은 글씨를 보기가 힘들어지니 문제가 아닐 수 없다. 두 번째는 건망증이다. 금방 공부한 내용을 돌아서면 잊어버린다. 세무 관련 업무를 하는 데 있어서 시시각각 변하는 세법을 잘 파악해야 한다. 개정 세법을 공부하고 잘 기억해야 하는데 민망할 정도로 빨리 잊어버리기 일쑤다. 책을 옆에 두고 몇 번이고 되새기는 상황이 될 때는 한 번 공부해서 기억했던 지난날이 그립기도 하다.

오랫동안 한 가지 일만 해온 터라 퇴사하게 될 경우 과연 다른 일을 할 수 있을까 염려된다. 하던 일을 그만두면 다시 같은 일을 하기는 쉽지 않을 거 같다. 여러 가지 신체적인 방해 요소로 인해 더 이상 일하기엔 무리라는 생각에서 그만둘 테니 말이다.

내가 이런 고민을 하게 될 줄 예상하지 못했다. 나이가 드는 만큼 신체적으로 변화가 따른다는 사실은 나이가 들어가면서 확인하게 되었다.

젊었던 날에는 항상 건강할 것이라는 착각 속에 살았다. 절대 나이 들지 않을 것처럼 말이다. 특별한 질병이 찾아오지 않더라도 나이에 따라 노화되는 신체의 변화를 어찌 거부할 수가 있겠는가.

　아주 오래전 이야기다. 남편이 명예퇴직을 하고 요식업에 뛰어들었다. 지금처럼 코로나 19 바이러스로 영업 시간제한이 없던 시절이었다. 나는 직장 생활을 하면서 주말이면 남편이 운영하던 식당에 나가 일을 도왔다. 그때나 지금이나 인건비가 비쌌으니 작은 도움이라도 되었으면 하는 마음이었다. 아이들은 시댁에 맡겼다가 늦은 시간까지 일하고 새벽에 아이들을 깨워서 집으로 오곤 했다. 월요일이면 다시 출근해서 직장인으로 돌아왔다. 아이들은 아이들대로 피곤하고 나는 나대로 힘들었고 남편은 남편대로 미안해하는 삶을 살았던 적이 있다.

　5년 동안 식당을 운영했는데 반은 그럭저럭 잘 되었고 나머지 반은 아주 힘들었던 시간이었다. 운영이 힘들어진 2년 정도를 그렇게 보냈다. 주말에만 도와주는 것이었지만 그때 느꼈던 점은 식당에서 일하는 것이 보통 일은 아니라는 것이다. 해보지 않던 일이라 더 힘든 것도 있었지만 무례한 손님을 상대해야 하는 일은 엄청난 스트레스였다. 그런 과정을 겪으면서 식당에서 일해 봤다면 어떤 일도 다 할 수 있을 거라는 생각을 했었다.

아주 오래전 일이지만 지금 생각해도 그때의 경험이 생생히 떠오른다. 그래서인지 직장을 그만두게 되더라도 식당을 운영하고 싶은 생각이 전혀 없다. 그때 이후로 누가 음식업을 하겠다고 하면 진심으로 말리고 싶은 심정이 되었다. 두 가지 일을 하느라 더 힘이 들기도 했지만, 식당 일은 그만큼 힘들었다. 한편으로는 몸은 힘들었지만 그런 경험을 통해서 해보지 않은 일에 대해 많은 것을 배우게 되었다. 또 겉으로 쉬워 보이는 일이 전혀 쉬운 일이 아니라는 것도 알게 되었다.

결혼 전에 직장 생활을 하면서 꿈꾸던 일이 있었다. 커피전문점을 직접 운영해 보고 싶었는데 꿈을 이루지는 못했다. 직장을 그만두고 도전해 보고 싶기도 했다. 하지만 밥벌이해야 하는 현실적인 문제로 경제적인 여건이 되지 않아서 할 수가 없었다. 지금은 흔하디흔한 것이 커피전문점이고 그때는 술과 음료를 함께 파는 카페는 많았지만, 커피전문점은 드물었다.

"와~, 그런 꿈을 가지고 있었어? 대단한데?"
"그러게, 그때 커피전문점을 했어야 하는데."

남편과 지난날 꿈꾸었던 이야기를 하면서 웃었던 기억이 난다. 왜 그런 꿈을 꾸었는지 알 수 없지만 그때는 정말 꼭 해보고 싶은 일이었다. 선견지명이 있어서 대박이 난 프랜차이즈 커피전문점을 도전했다면 어땠을까? 이거야말로 야무진 꿈을 꾸는듯하다. 아마도 현실적인 꿈이라기보다 뭔가 겉모습만 보고 막연한 환상이 있지 않았을까? 식당 일을 경험하기 전이었으니 그런 꿈을 꾸었겠지, 그야말로 꿈도 컸다는 생각이 든다.

퇴사 후 뭘 할 수 있을까 생각해 보니 도무지 할 수 있는 일이 없는 듯하다. 막상 구체적으로 생각하니 막막함이 느껴진다. 오십이 넘은 나이에 몸으로 힘든 일을 할 수도 없고 그렇다고 엄청난 돈을 투자해서 생소한 일에 모험을 걸 수도 없는 일이다.

오십 이후에 퇴사하는 직장인들은 과연 무슨 일을

하며 살아갈까? 퇴사하기 전에 무엇을 할지 준비는 하고 있을까? 퇴사 후의 일을 생각하니 답답해진다.

아직 퇴사도 하기 전에 미리 걱정부터 하지 말자. 중요한 것은 아직도 직장 생활을 유지하고 있다는 사실이다. 즐겁게 일하면서 퇴사 후에 할 수 있는 일이 무엇인지 찬찬히 살펴보자. 지금은 현실에 충실해지자. 그것이 최선이다.

6

전업주부가
부러울 때

"아침 일찍 카페에서 글쓰기를 하고 있어요."
"친구들과 수다 떨기 좋은 아침입니다."

이런 사소한 일상을 전하며 하루를 시작하는 내 모습을 만날 수 있을까? 이른 아침 카페로 향하는 발걸음이 어떨지 상상해 본다. 조용한 음악을 들으며 커피 향에 취하기도 하겠지. 그러다가 영감이 떠오르면 그 순간의 느낌을 놓치지 않으려 노트북을 열어 글을 쓰게 될지도 모르겠다. 점심을 먹기에는 이른 시간이지만 친구들을 만나 브런치를 즐기는 상상도 해본다. 일하는 사람이어서 누리지 못했던 시간이었는데 오전 시간을 카페에서 함께 즐긴다면 어떤 기분일지 상상만으로도 설렌다. 상상은 상상일 뿐 그 순간이 찾아오면 실제로 그렇게 보낼 수 있을지 의문이긴 하지만 꼭 한 번은 경험해 보고 싶다.

현실에서 나의 일상은 이렇다. 오래된 습관으로 아침밥은 먹지 않는다. 남편이 먹을 과일을 준비해 주고 딸아이 도시락을 준비한다. 출근하기 전에 해야 할 집안일을 하며 분주하게 움직인다. 나보다 먼저 퇴근하는 남편을 위해 저녁 먹거리를 간단히 준비해놓고 출근 준비를 시작한다. 출근하기 위해 집을 나서면 오히려 여유가 느껴진다. 발걸음은 바쁘지만, 마음은 안정되는 느낌이다. 지하철을 타고 이동하는 동안 하루 일정을 새기며 계획을 정리한다.

사무실에 도착해서 커피 한 잔을 마시며 일과를 시

작한다. 정신없이 오전 시간이 훌쩍 지나고 어느새 점심시간이 다가온다. 무엇을 먹을까 고민하며 식당가를 두리번거리다가 발길을 이끄는 곳으로 들어가 점심을 먹는다. 날마다 뭘 먹을까 고민하는 것은 직장인들의 공통사항이 아닐까 싶다. 오후 근무가 시작되고 또다시 바쁘게 움직인다. 일할 때는 다른 생각 할 수 없을 만큼 분주한 시간을 보내지만 잠시 쉬는 시간이면 여유 없는 일상을 돌아본다. 내가 열심히 사는 것처럼 남들도 다 그렇겠지라며 바쁜 일상을 받아들인다.

누군가에게는 별일 아닌 일이지만 또 다른 누군가는 사소하고 별일 아닌 일이 소원하는 일이 되기도 한다. 열심히 일하고 있을 때 이른 시간에 카페에 앉아 시간을 즐기는 주부들의 모습은 나에게는 부러움의 대상이다. 규칙적이고 정해진 시간대로 살았던 직장인의 삶은 어찌 보면 의무적인 삶처럼 느껴지기도 한다. 나에게 주어진 시간이지만 남을 위해 사는 것 같은 느낌이랄까, 온전하게 나를 위하는 삶은 아닌 듯이 생각되는 날도 있다. 직장 생활을 하며 느꼈던 보람과는 별개로 내가 갖지 못한 시간에 대한 아쉬움이 존재한다. 어느 날 하루 휴가 내서 온전하게 평일 하루를 차지하더라도 그 아쉬움은 해소되지 않은 채 긴 세월로 이어왔다. 직장 생활 중 휴가로 이어지는 하루는 그저 직장인의 하루로 연장되기 때문이다.

아이들 손잡고 놀이공원에 가는 일이나 기차를 타고 친정 가는 일을 계획 없이 할 수 없었다. 어느 날 기분에 따라 훌쩍 떠나보는 일은 상상도 못 한다. 직장에 저당 잡힌 시간은 내 시간이 아니다. 그날그날 자유롭게 행동할 수 있는 시간을 누리는 것은 전업주부의 특권처럼 느껴졌다. 전업주부의 삶이 시간이 남을 만큼 할 일 없이 보내지는 않을 것이다. 오히려 직장인들보다 더 빡빡한 스케줄에 의해 활동한다는 이야기도 들었다. 빡빡한 일상이 주로 나를 위한 것이라면 부럽지 않을 수가 없다. 남의 떡이 커 보인다고 내가 누리지 못하는 시간이어서 부러운 것일 수도 있다. 실제로 전업주부의 일상이 날마다 우아하고 활기찬 활동으로 이어지지 않을 수도 있다. 그런데도 가보지 않은 길에 대한 로망이 있기 마련이다.

직장 생활을 하면서 현실적으로 시간을 자유롭게 이용할 수 없을 때는 어려움이 많았다. 특히 아이들이 어렸을 때 도움을 받지 못하고 혼자 헤쳐 나가야 할 때는 많이 힘들었다. 그래도 일하며 보낸 시간을 후회하지는 않는다.

살면서 가끔 전업주부의 삶을 꿈꾸기도 했지만 직장 생활의 삶도 나쁘지 않았다. 전업주부가 되었을 때 내가 상상하는 생활이 아니라면 실망할 수도 있겠지. 여유 있어 보이던 상상 속의 그 시간은 무료함을 달래기 위한 것일 수도 있다. 그래도 경험해 보지 못한 그 시간이 부러울 때가 있다. 머지않아 원하지 않아도 전업주부의 삶을 확인하게 되지 않을까? 조금만 참자, 그날이 곧 올 테니.

오십에 시작한 글쓰기,
다시 설렘이 찾아왔다

'브런치스토리 작가 되었어요'라는 글을 인터넷에서 우연히 보게 되었다. 어, 이게 뭐지? 브런치스토리가 뭐야?

궁금했다. 글쓰기에 대한 관심은 그때부터 시작되었다. 그 문장을 보게 되었을 때 두근거렸던 느낌이 생생하다.

어느 날 퇴근길이었다. 지하철에서 무료함을 달래기

위해 인터넷 창을 열었는데 '브런치스토리 작가 되었어요'라는 글을 보게 되었다. 궁금해서 계속 검색하다 보니 '브런치스토리 작가 되는 법'이라는 글을 많이 볼 수 있었다. 퇴근길 지하철에서 브런치스토리 작가에 대한 글을 읽으며 '와, 멋지다. 나도 해보고 싶다.'라는 생각이 들었다. 평소 글쓰기에 대한 관심이 있었던 것도 아니고 작가에 대한 관심은 더더욱 없었다. 그런데 보통 사람이 작가가 될 수 있다는 말에 묘한 설득력이 있었고 나도 모르게 끌렸다. 브런치스토리 작가가 되면 괜히 으쓱해지고 멋진 내가 될 것 같은 상상을 하며 설레었다.

그렇게 나를 설레게 했던 느낌은 집에 도착하고 현실로 돌아오면서 금세 잊었다. 얼마의 시간이 지난 후 퇴근길 지하철에서 '브런치스토리 작가'에 대한 글을 다시 보게 되었다. '아, 그래 이게 있었지. 나도 한번 도전해 볼까?' 그렇게 생각하고 본격적으로 브런치스토리에 대해 알아보았다.

브런치스토리는 다음 카카오 포털 사이트에서 운영하는 글쓰기 플랫폼으로 오직 글쓰기를 위한 공간으로 운영된다. 많은 사람이 브런치스토리 작가가 되어 글을 쓰고 실제로 출간 작가가 되기도 한다. 글쓰기를 좋아하는 사람에게 브런치스토리는 아주 매력적인 공간이었다.

'그래, 결심했어. 나도 브런치스토리 작가에 도전해 보자!'라고 무작정 브런치스토리 작가 신청을 했다. 결과는 당연히 불합격이었다. 처음에는 누구나 신청하면 되는 줄 알았다. 글을 쓰고 싶은 사람이 신청하면 되는 줄 알고 아무런 준비도 없이 신청했다가 쓴맛을 보게 된 것이다. 급한 마음에 글을 제대로 준비하지 못한 채 또 신청하게 되었고 두 번째도 불합격이었다. '에이, 하지 말까? 글을 쓰고 싶다는데 이렇게 까다롭게 할 필요가 있나?'라는 생각이 들었다.

포기할까 생각했지만, 한편으로는 오기가 생겼다. 그래서 다시 차근차근 알아보고 준비했다. 브런치스토리에서 요구하는 내용에 정성스럽게 적었다. 자기소개와 앞으로 어떤 글을 쓰겠다는 계획과 샘플로 제출해야 하는 글까지 정성스럽게 써서 다시 신청했다. 역시 정성스럽게 준비한 보람이 있었다. 합격이었다. 드디어 브런치스토리 작가가 된 것이다. 기분이 좋았다.

  브런치스토리는 그렇게 까다로운 심사를 거쳐 작가라는 타이틀을 주었고 작가로서 마음껏 글을 쓸 수 있도록 최고의 공간을 만들어주었다. 막상 브런치스토리 작가가 되고 보니 글을 쓰는 것이 어려워졌다. 책임감이 따른다고 해야 할까, 아무 글이나 가볍게 써서는 안될 거 같고 글 쓰는 것이 조심스러워진 기분이 들었다. 그렇게 글쓰기를 주춤거리고 있을 때 브런치스토리에서 이미 자리를 잡고 글을 쓰고 있는 글벗들을 만날 기회가 있었다. 함께 글쓰기를 하자는 공지 글에 냉큼 신청해서 동참하게 되었다. 공개적으로 누군가에게 보여주는 글쓰기를 해본 적이 없는 나에겐 무모한 도전이었다. 그래도 해보고 싶었다. 나의 글쓰기는 그렇게 시작되었다. 그때가 오십이었다.

  오십에 시작한 글쓰기는 내가 경험해 보지 못한 새로운 설렘을 안겨줬다. 세상에는 이런 삶도 있구나. 글을 쓴다는 것이 이렇게 설레게 하는 일이라니, 새로운 세상을 만난 것 같았다. 그렇게 시작된 글쓰기는 브런치스토리에서 만난 글벗들과 함께 쓴 글을 모아《글로 모인 사이》라는 책으로 탄생했다. 얼떨결에 공동 저자가 된 것이다. 세상에 이런 일이 생기다니 놀라운 경험이었다. 그렇게 나는 글쓰기에 관해 관심을 두게 되었고 기회가 될 때마다 글을 쓰기 시작했다. 일상의 작은 일들을 모두 글감으로 여겨 어떻게 표현해 볼까 생각하는 시간은 일상의 새로운 즐거움이었다.

오랜 직장 생활은 익숙해서 편하지만 긴장감이 사라진 지 오래다. 나이 오십이 되니 일상에서 특별한 즐거움을 만나기가 쉽지 않았다. 남들이라고 대단한 즐거움을 느끼며 사는 것은 아닐 것이다. 그렇다고 날마다 무료하게 살아야 한다면 남은 인생을 얼마나 재미없게 살아야 할까? 오십이 되어도 마음이 두근거리는 즐거움 하나쯤 있어야 하지 않을까? 어느 순간 내 마음을 울린 그 무엇인가를 만나게 된다면 망설임없이 도전해 보기를 바란다. 내 나이 오십, 나는 글쓰기를 통해 다시 설레는 마음을 만났다.

8

새로운 일을 시작하기에
늦은 나이는 없으니까

학교를 단 하루 다닌 것이 배움의 전부라고 하신 할머니의 기사를 봤다. 배움에 대한 열망으로 90세가 되어 한글을 깨쳤다고 한다. 공부하는 하루하루가 즐겁다고 하시는 할머니의 이야기는 인간승리가 아닐 수 없다. 구십이 되어 시인이 되고 화가가 된 사연은 나이는 숫자에 불과하다는 사실을 다시 확인시켜 준다.

늘 무엇인가 배우고 싶고 도전하고 싶은 마음은 나이가 들면서 차츰 사라지고 그냥 의미 없이 하루하루 살아가게 되었다. 사십 대를 지나 오십 대가 되고 보니 변화에 대한 열정은 더욱 생각하지 않게 되었다. 그저 편안한 일상을 유지하고 싶은 마음이 자리 잡았다. '이 나이에 뭘 해~.' 그런 마음이 먼저 고개를 들었다. 해보고 싶은 마음이 생겼다가 어느새 사라지는 상태가 반복되면서 시간만 흘러 나이만 쌓여가는 현실이 되었다. 편안하지만 재미없는 일상, 익숙하지만 무료한 일상은 어떤 꿈도 꾸지 않는 내가 되어갔다. 예전에는 오십이란 나이가 어르신에 해당되는 나이였다. 요즘 오십은 어른 대접 받기는 애매한 나이다. 젊지도 않지만 나이 든 축에도 들지 못하는 것이 현실이다. 그렇다면 젊은 사람으로 살 것인지 나이 든 사람으로 살 것인지 선택은 본인 하기 나름이라는 생각이 든다.

나는 젊은 사람으로 살고 싶었다. 오십에 만난 두근거리는 마음을 모르는 체하기 싫었다. 설레는 마음으로 무엇인가를 이룰 수 있다면 좋겠다는 꿈을 꾸었다.

좀처럼 마음이 움직이지 않던 내가 마음이 바빠지기 시작했다. "그래, 글쓰기가 나에게 설렘을 주었어, 이 마음을 담아 뭐라도 써보자"라고 다짐하고 글쓰기를 위한 도전을 결심했다. 그렇게 다시 함께 글쓰기를 할 글벗을 찾아 나섰다. 아무것도 모르는 상태에서 혼자서 하기는 무리였다. 누군가 함께 한다면 더 큰 힘을 발휘할 수 있을 거라는 기대가 있었다. 다행히 나와 같은 마음을 가진 글벗들을 만날 수 있었다. 15명의 귀한 글벗들과 함께 글쓰기에 도전하기로 했다.

처음에는 나를 알기 위한 글쓰기로 시작했다. 살면서 나에 대해 그렇게 진지하게 생각해 본 적은 처음이었다. 나를 관찰하고 객관적으로 바라보게 되니 내가 나에 대해 모르는 것이 아주 많다는 것을 확인하게 되었다. 내가 나를 보살피지 않고 살았던 시간을 깨닫고 많이 미안해지는 시간이기도 했다. 나를 알기 시작했으니 내가 지나온 계절에 어떤 일이 있었는지 더 깊이 알아보는 시간도 가졌다. 내가 보낸 봄과 여름, 나에게 찾아온 가을과 겨울 이야기를 살펴보고 글로 쓰기 시작했다. 때로는 아픈 나를 발견하고 때로는 아주 어렴풋이 기억나는 어린 나를 만나기도 했다. 남들에게 관대하면서 나 자신에게는 그렇지 못한 시간을 확인하면서 미안해지기도 했다.

글쓰기는 두근거림으로 시작해 설레는 마음으로 꿈을 꾸었다. 그것이 내 것이 되었으면 하는 마음으로 도전하게 되었다. 비록 함께 쓰는 공동 저자의 입장이었지만 좋았다. 사계절의 과정을 거치며 1년 동안 나를 만나는 시간은 아주 귀하고 소중한 시간이 되었다.

《나를 외면한 나에게》,《나에게 선물한 봄》,《여름 이야기》,《나에게 선물한 가을》,《나에게 선물한 겨울》까지 모두 몰랐던 나를 새롭게 만나는 시간이었다. 한 계절이 지날 때마다 포기하는 글벗이 생기고 또 새로운 사람이 합류하기도 했다. 중간에 포기하고 싶지 않았다. 귀하게 만난 두근거리는 존재, 글쓰기에 대한 마음이 진심이었고 끝까지 포기하지 않고 꿈을 이루는 내가 되고 싶었다.

나의 오십은 그렇게 도전하는 한 해가 되었다. 90세의 할머니가 글을 깨치고 글쓰기를 시작하는 것에 비하면 내 나이 오십은 어린아이에 불과하다. 앉아서 글을 쓰는 나와 다르게 몸으로 도전하는 사람들도 많다. 좋아하는 산을 오르며 더 높은 산에 오르기도 하고 새로운 산을 찾아 나서기도 한다. 운동을 좋아하는 사람은 모든 운동을 하나씩 배우며 도전하기도 한다. 수영, 골프, 테니스, 마라톤 등 배우고자 하면 끝이 없다. 요리에 관심을 가지고 새로운 음식을 만드는 것에 도전하는 경우도 있다. 요리에 관심이 없는 나는 요리에 도전하는 사람들을 보면 존경스럽다.

미국의 방송인 오프라 윈프리는 "꿈을 이루기에 늦은 나이란 없다. 당신이 할 수 있는 가장 큰 모험은 꿈꾸는 삶을 사는 것이다."라고 말했다. 자신의 목표를 이루기 위해 도전하고 실천하는 사람들의 열정을 배우고 싶다. 도전하는 삶이 아름답다고 하지 않던가. 가슴 뛰는 꿈을 찾아 도전하는 삶을 살자.

치열하게 쌓아온 경력, 이제 그만 포기해야 할까?

나이는 숫자에 불과하다. 새로운 일에 도전하고 시작하는 일에 늦은 나이란 없다. 이제 고작 오십인데 뭔들 못하겠나?

CHAPTER
5

자아
◇◇◇◇◇◇

나로 살아가기
딱 좋은 나이

1

나만 바라본다는 착각을
버려야 내가 보여

"대단해, 그걸 다 해결했네."

"할 사람이 없는데 어쩔 수 없잖아, 누구라도 해야
지."

아주 사소한 일부터 마음이 무거워지는 일까지 집안
의 모든 일을 해결하려고 하는 것이 몸에 배었다. 특별
히 잘나거나 남들보다 월등하게 잘 해내는 능력이 있

는 것도 아니다. 그냥 못 본 체하지 못하는 성격이 스스로 짐을 지게 하는 것 같다. 그렇게 습관처럼 굳어진 일상은 언젠가부터 나보다 남을 먼저 생각하게 되었고 결국엔 나는 없어지고 말았다.

결혼 전에는 친정 일에 많은 신경을 썼다. 언니 오빠 동생이 있는데도 왜 집착하듯 모든 일에 해결사 노릇을 하려고 애를 썼는지 모르겠다. 그렇다고 모든 것을 해결할 수도 없는데 관심을 거두지 못했다. 자식으로서 집안의 크고 작은 일에 관심을 가지고 도우며 사는 것은 당연한 도리라 생각한다. 도리를 다하는 것에도 적당한 선을 지키는 것이 필요하다. 내 능력 밖의 일에도 마음을 쓰고 신경을 놓지 못하면 스트레스로 다가온다. 특히 좋지 않은 일이 생겼을 때는 해결될 때까지는 신경이 온통 그 일에 집중되어 있다. 그 결과 일상생활에 많은 지장이 생기기도 했다.

친정에서는 장녀도 아니면서 왜 그렇게 책임감 강한 딸 노릇을 했을까? 많은 부분이 엄마를 생각하면 하지 않을 수 없었다는 핑계를 대지만 그것이 다였는지 모르겠다. 젊은 나이에 홀로되어 고생하는 엄마를 모르는 체하며 살 수는 없었다. 나만 잘 살겠다고 내 생활만 챙기며 사는 것은 현실적으로 용납이 되지 않았던 시간이었다.

결혼하면 좀 달라질까 생각했지만, 별로 다르지 않은 삶을 살았다. 장남과 결혼하고 보니 많은 부분이 내 몫으로 할당된 느낌이었다. 부모님의 일과 집안의 대소사와 관련해서 모든 것을 알아서 챙겨야 하는 상황이 되었다. 어설프게 시작했지만, 시간이 지나면서 똑 부러지게 일하는 모습을 보면서 나중에는 당연한 일로 치부되었다. 내가 할 수 있는 일이니 하면 된다. 내가 하지 않으면 누가 하겠나? 할 수 있는 사람이 하면 되지. 이런 생각으로 그냥 나에게 주어진 일을 하면서 살았다. 한 번도 거부하거나 못하겠다고 주저앉은 일이 없었으니 모든 일이 내 몫이 되는 것은 당연한 결과라 하겠다.

문제는 내 몸이 아파도 그런 일이 계속된다는 것이다. 누가 시켜서 하는 것이 아니라 나 스스로 놓지를 못하는 것이다. 내가 아니면 안 된다고 생각하며 살았을까? 내가 하지 않으면 누군가 하게 될 텐데 왜 그렇게 고집스러운 마음으로 살았는지 이해할 수가 없다.

친구들의 관계에서도 그런 부분이 없지 않다. 친구들을 화합하게 하려는 노력을 왜 나서서 하려고 하는지 못마땅하게 여기는 이들도 있었다. 누가 시키지도 않은 일을 혼자 애쓰고 있다고 말이다. 좋은 결과가 있으면 다행이지만 사람 일이 다 내 맘 같지 않기에 아무리 노력해도 뜻대로 되지 않는 경우가 많다. 그런데도 포기하지 않고 뭔가 해보려는 마음을 왜 포기하지 못할까? 내가 아닌 나와 가까운 사람들을 돕는 일이 나를 만족시키는 일이었던 것일까? 나로 인해 누군가 편해지고 원하는 것을 얻게 되었을 때 보람을 느끼는 것은 아닐까? 그 과정에서 내 마음이 상처받는다는 사실은 깨닫지 못하고 자꾸 남들한테 시선을 두었다.

어쩌면 오래된 습관으로 사람들이 갖는 기대감에 실망을 주기 싫었던 것은 아니었을까? 지나고 보니 오지랖 넓게 살았다는 생각이 든다. 내가 아니어도 아무 탈 없이 다 잘 살 텐데 내가 아니면 안 된다는 마음이 존재했나 보다.

사람들은 대부분 남보다 자기 자신을 먼저 생각한다. 내가 아니어도 자신을 챙기며 잘 살아간다. 내가 아니면 안 될 것 같은 생각은 혼자만의 생각이다. 내가 없어도 세상은 변함없이 잘 돌아간다. 남을 위하는 만큼 나를 생각하는 마음도 키워야 한다. 나를 바라보고 나를 의지하는 것 같은 착각에서 벗어나자. 이제는 나를 돌아보며 보살펴야 할 때다. 남들에게 밀려 뒷전으로 밀려나 있는 자기 모습이 보인다면 스스로 변해야 할 때라는 것을 깨닫자. 내가 그런 것처럼 자신을 소홀히 하는 실수는 하지 말기를 바란다.

2

이제부터는
내가 우선이야

"어디 아픈 데는 없지?"

"여기저기 다 아파서 안 아픈데 찾는 것이 더 빠를 거 같아."

친구를 만나거나 전화 통화를 하게 되면 안부 인사가 이렇다. 이제는 건강을 먼저 묻는 나이가 되었다. 오십쯤 되면 먹고살 만한 형편이 되어 편안하고 안정되게 살 수 있었으면 좋으련만 현실은 전혀 그렇지 않다. 오십이 되면서 많은 것들이 달라지기도 하고 몸과 마음에 변화가 생기기도 한다. 가장 큰 변화는 몸이 여기저기 아프게 된다는 것이다. 어쩌면 오십을 기다렸다는 듯이 이런저런 아픔이 신호를 보내는지 신기할 정도다. 사십 대까지는 너무도 건강하게 왕성한 활동을 하며 많은 것을 하면서 살았다. 어쩌면 건강하다는 것을 믿고 몸을 혹사하며 살았는지 모르겠다. 그러다가 오십 대가 되어 참지 못하고 여기저기 고장이 나는 것일 수도 있다는 생각이 든다.

살면서 이토록 힘든 시간이 있었던가 싶을 만큼 오십 대에 들어서면서 아픔이 시작되었다. 대장암을 진단받고 아픔을 이겨내기 위한 시간을 보내는 동안 자신과의 싸움이 수없이 반복된다. 힘을 냈다가 포기했다가 다시 또 힘을 내기도 하면서 그저 버티는 시간이었다.

후유증으로 인해 일상이 완전히 무너졌을 때는 몸이 아픈 것이 문제가 아니었다. 몸이 아픈 것은 시간이 지나면 해결된다. 몸보다 더 심하게 다친 것은 마음이었다. 상처받은 마음이 아물기 전에 안면마비가 찾아왔을 때는 절망스러운 마음이 되고 세상이 원망스러웠다. 시간이 지날수록 상처는 커지고 아물지 않는 마음으로 세상을 바라보다가 문득 내 모습을 다시 돌아보게 되었다.

지금까지 나는 항상 괜찮은 사람이었다. 내가 조금 아파도 괜찮고, 내 것을 뺏겨도 괜찮고, 다 내주고도 괜찮다는 반응을 보이며 살았다. 때론 상처받아 아픈 것이 싫고 아까워서 주기 싫을 때도 있다. 나도 내 것을 가지고 싶을 때도 있었는데 싫다는 내색을 하지 못하고 살았다. 좋게 말하면 희생정신이 강했고 나쁘게 말하면 줏대 없이 나의 주장이 없는 사람이었다.

좋은 게 좋은 거라고, 그렇게 사는 것이 모두에게 좋다고 생각했다. 손해 보면서 사느라 내 몫이 없었다. 욕심 없이 사는 것이 마음 편하고 좋을 수 있으나 한 번씩 바보 같은 생각이 들 때는 자신이 싫어지기도 한다. 나는 왜 이렇게 살까? 얄미울 정도로 자신을 챙기고 욕심을 부리며 살아도 좋을 텐데 왜 그렇게 하지 못할까? 가끔 자책하기도 하지만 그런다고 달라지지는 않았다.

"이제는 너만 생각하고 살아."
"다른 사람은 다 알아서 잘 사니까 너나 챙기며 살아라."

심하게 아픔을 겪고 나서 가장 많이 듣게 된 말이다. 나를 돌아보니 스스로 생각해도 나는 나를 챙기지 않고 살았다. 다른 사람이 볼 때도 여전히 그렇게 보인다는 것은 나는 늘 그렇게 살아온 것이다. 나는 참 바보처럼 살았나 보다. 이제는 좀 달라져야겠다고 마음먹는다고 하루아침에 사람이 변할 수 있을까? 생긴 대로 살고 타고난 성품대로 사는 거 아닐까? 그래도 나는 나를 변화시켜보려고 한다. 주변으로 돌리던 시선을 조금 줄이고 나를 바라보려 한다.

"이제는 가장 먼저 당신 몸을 생각하고 마음 편하게 사는 데 집중해." 가장 가까운 곳에서 지켜본 남편이 하는 말이다. 항상 나보다 남이 우선이라고 불만 섞인 목소리를 내며 그러지 말자고 당부하기도 했었다. 진작 말 좀 들을 걸. 왜 사람은 진심 어린 충고를 잘 들으려 하지 않는 것일까?

프랑스 작가 볼테르가 한 말이 있다. "자신의 나이에 맞는 정신을 갖지 못한 자는 자신의 나이에 겪는 온갖 재난을 당한다." 이 글을 보며 나는 내 나이에 맞는 정신을 가졌는지 생각했다. 힘든 일을 많이 겪은 것을 보니 정신을 제대로 갖지 못한 것은 아닌지 돌아보았다.

아픔을 딛고 회복하는 과정을 거치면서 많이 변했다. 생각도 변하고 행동도 변했다. 사람이 변하지 않을 거 같아도 마음을 다지니 또 가능하더라. 처음이 힘들지 한번 마음먹고 실천하니 그리 어려운 일도 아니었다. 과도한 관심을 무관심으로 돌리면 되는 것이었다. 깊이 생각하면 또다시 예전의 모습으로 돌아갈 수 있으니 주변을 살피는 것을 가볍게 하려고 한다. 주변 사람들과 가족의 염려를 덜어주기 위해서라도 나를 먼저 생각하며 내 몸과 마음을 보살펴야 한다.

잊지 말자. 이제는 내가 우선이다. 내가 있어야 주변을 챙길 수도 있다는 사실을 마음에 새겨야겠다. 그동안 베풀고 살았으니 오십부터는 나를 위해 좀 이기적으로 살아도 되지 않을까?

3

사소한 꿈이라
할지라도

다시 꿈꾸기 좋은 나이는 오십 대가 아닐까? 오십 대
는 자녀들의 성장으로 부모의 역할 부담이 여러 가지
로 줄어드는 시기다. 자녀들의 성장기에 비해 경제적
인 지출이 감소하는 부분을 자신을 위해 투자할 수 있
는 좋은 시기다. 개인적으로 무엇을 꿈꾸며 살았는지,
꿈이 있기는 했는지 생각해 보니 까마득하니 기억이
없다. 이제는 보이지 않는 막연한 미래의 꿈과는 다른

현실적인 꿈을 생각하는 나이가 되었다. 어떤 꿈을 꿀 수 있을까? 현실에 맞고 처한 상황에 맞아 이룰 수 있는 꿈이면 좋겠다. 일상에서 이루고 싶은 사소한 꿈을 하나씩 달성할 때마다 행복이 쌓인다는 것을 안다. 작은 꿈이 모여 큰 행복이 된다.

지난날에는 내가 원하는 꿈을 꾸기보다 가족이 원하는 것을 바라게 된 경우가 많았다. 자식을 위한 꿈, 남편이 원하는 것, 부모님을 위한 바람이 큰 비중을 차지했던 것이 현실이었다. 그런 시간이 오래 지속되다 보니 나를 위한 꿈을 꾸는 일이 낯설다.

무엇을 원하는지 하고 싶은 것이 무엇인지 얼른 떠오르지 않는다. 꿈을 꾸는 것도 연습이 필요한 것일까? 많이 바라고 도전하고 얻는 과정을 경험해야 꿈꾸는 일이 계속될 수 있나 보다.

무탈한 일상을 보내는 것으로 하루하루 만족하며 살았던 시간도 많다. 별일 없이 살면 그것으로 족하다고 생각하며 오늘도 잘 살았다 다독이기도 한다. 최근에 일상에서 충분히 도전해 볼 수 있는 작은 꿈이 생겼다. 코로나 19로 인해 답답한 현실을 보내느라 누구나 할 것 없이 일상을 벗어나고 싶은 충동을 안고 살아가는 요즘이다. 30년 전에 취득한 운전면허증이 있다. 운전할 일이 없어 주로 신분증으로 사용되어왔다. 이제야 면허증의 용도를 제대로 사용해 보려는 꿈을 꾸었다. 장롱면허를 벗어나 이제라도 직접 운전해서 이동하는 내가 되어보고 싶었다.

주말을 이용해 남편에게 운전 연수를 받기 시작했다. 직접 해보니 생각보다 어렵지 않았고 재밌기까지 했다. 이렇게 쉽게 시작하게 될 줄은 몰랐다. 진작 해볼 걸 후회도 되었다. 일상에서 직접 운전할 일이 별로 없어서 도전해 볼 생각을 하지 않았는데 갑자기 왜 운전하고 싶어졌는지 모르겠다.

이유를 가만히 생각해 보면 일상의 변화를 느끼고 싶은 마음이 크게 작용한 거 같다. 자동차로 이동할 일이 있을 때는 늘 남편의 도움을 받으니 별로 불편함을 모르고 살았다. 출퇴근 시에는 대중교통을 이용하는 것이 편했으니 굳이 운전할 일이 없었다. 그런데 이제는 스스로 운전하며 어디든 가고 싶다는 꿈을 꾸고 있다. 아직은 초보운전을 면하지 못했지만 도전했으니 곧 능숙하게 운전하게 될 거라 믿는다. 꿈은 이루어진다는 말을 믿는다. 꿈을 이루기 위해서는 도전하고 실천하는 것이 무조건 필요하다. 생각만으로 꿈을 이룰 수는 없다.

아무리 사소한 꿈일지라도 주변에 알리는 것도 필요하다 생각된다. 혼자 생각하고 혼자 이루려고 하는 것보다 가족과 친구들에게 표현함으로써 응원과 도움을 받을 수도 있다. 나를 위하는 꿈이라 해도 꼭 혼자서 이루어야 하는 것은 아니지 않은가. 꿈은 숨기지 말고 보여주자. 보여주고 표현하면 분명 또 다른 힘을 얻게 될 거라 믿는다.

남편에게 운전 연수를 받으면서 잘한다는 칭찬을 들었다.

"오~, 여유롭게 잘하는데? 운전을 이렇게 잘하면서

그동안 왜 안 했어?"

"하하~! 정말? 나 운전 잘하고 있는 거야?"

　남편에게 운전 연수를 받으면 대부분 부부싸움으로 끝난다는 말을 많이 들었다. 그런데 오히려 잘한다는 칭찬을 받았다. 사소한 것이지만 칭찬을 들으니 기분이 좋았다. 만약 남편에게 말하지 않고 다른 곳에 부탁해서 받았다면 내가 원하는 것이 무엇인지 남편이 알리가 없다. 남편에게 받는 칭찬도 없을 테니 내 꿈을 이루면서 함께 나누는 즐거움은 경험하지 못했을 것이다. 이처럼 가까운 사람에게 내가 원하는 것을 알게 하는 것도 일상에서 즐거움을 함께 느낄 수 있는 좋은 방법이라 생각한다.

　꿈이라고 해서 거창할 필요는 없다고 생각한다. 이루고 싶은 희망이 꿈이 아니던가. 일상에서 이루고 싶은 작은 희망들이 이루어진다면 많이 꿈을 이루는 사람이 될 것이다. 생각지도 않았던 운전하는 일에 도전했듯이 남들에게는 아무리 사소한 일일지라도 내가 원하는 것이라면 그것이 꿈이 될 수 있는 것이다. 일상에서 꿈꾸는 작은 희망들을 모아 원하는 만큼 이뤄보자. 일상이 행복한 삶을 위해 오늘도 사소한 꿈을 찾아 나선다. 행복이 쌓인다.

4

내가 좋아하는 것, 등산!

등산 좋아하시나요? 산에 오르기 시작한 지 10년 정도 되었다. 친구를 따라갔다가 등산의 매력에 푹 빠지고 말았다. 처음 산행을 함께 했던 친구들을 만나면 항상 그때가 좋았다고 그리워한다. 다시는 그 시절만큼 할 수 없다는 것을 알기에 그리운 시절로 기억될 것이다.

언제까지나 함께 할 것 같았던 사람들 그리고 그 시간, 돌아갈 수 없는 시간이어서 아쉬움이 크다. 세월이 흐르고 자연스럽게 뜸해진 관계가 만남조차 어렵게 되니 이제는 거의 잊고 사는 사이처럼 뜸하다. 그때 가지고 있던 열정은 다 어디로 갔을까?

뜨거운 여름날 얼린 수박 한 조각씩 먹으며 그 정성에 고마워했던 기억이 난다. 이마에서 땀이 줄줄 흘러내린 날씨에 그늘을 찾기도 힘든 코스에서 얼린 수박의 맛은 정말 최고였다. 어떻게 수박을 얼려올 생각을 했을까? 산행 초보였던 나는 그저 모든 것이 대단해 보였던 시절이었다. 산행 초보였는데도 후미로 쳐지지 않고 기운차게 선두로 다녔던 그때를 생각하니 미소가 절로 나온다. 그때는 정말 훨훨 날아다니듯 가볍게 산행했었다. 지금 생각해도 신기하다. 어쩌면 그렇게 힘들지 않게 산을 오를 수 있었을까.

나는 바위산을 아주 좋아한다. 아찔한 높이의 바위일수록 쾌감은 컸고 즐거움도 두 배가 되었다. 산행을 함께 하는 사람들의 나이가 다양한데 특히 또래들과 뜻이 잘 맞아서 더 즐거운 산행을 할 수 있었다. 사십 대중반인데도 바람만 불어도 까르르 웃는 여고생들처럼 웃음 많고 생기발랄한 모습이었다. 감히 중년이라는 이름표를 달 수 없을 정도로 활력 넘치는 모습이었다. 봄, 여름 가을 겨울, 사계절을 함께 하며 같은 취미를 즐긴다는 것이 삶의 큰 즐거움이 되었다.

사춘기보다 더 무서운 갱년기를 겪으며 만난 우리들은 빠르게 친해졌다. 발랄하게 우정을 나누며 자칫 우울해지기 쉬운 중년의 시간을 즐겁게 보냈다. 행복하고 즐거운 추억이 많은 시절이었다.

산에 대해서 잘 알지도 못하면서 신나서 다녔고 친구들을 잘 알지도 못하면서 잘 통했다. 산이 모든 것을 받아주듯 우리들의 만남이 그랬다. 산에서는 모든 것이 통했고 다 괜찮았다. 그때보다 더 나이 들고 체력은 약해졌지만, 산에 대한 사랑은 여전하다. 새 생명이 움트는 봄이면 산은 연한 초록으로 변한다. 겨울 동안 잠자던 모든 생명이 기지개를 켜고 여기저기서 살아있음을 알리며 인사하는 모습이 반갑다. 나무도 풀도 예쁘다. 숲속 가득 생명의 소리가 들린다. 살아있음이 느껴진다. 온몸 가득 물을 머금은 듯 촉촉해진다. 연한 초록에서 진한 푸르름을 준비하는 봄은 생명의 탄생을 알린다.

초록으로 물든 여름 산은 힘차다. 어딜 봐도 튼튼함이 느껴진다. 나무도 바위도 공기도 하늘의 모습도 건강하다. 푸르고 건강한 여름 산, 더위에 지쳐 숨을 헐떡거리게 될 때 계곡에서 불어오는 시원한 바람은 더위를 잊게 해주는 꿀맛 같은 바람이다. 정상에서 느끼는 시원함은 모든 근심을 다 털어버릴 수 있을 만큼 상쾌함을 안겨준다. 진한 초록의 여름 산은, 힘들지만 건강함을 느끼게 해준다.

가을은 단풍이 곱다. 보는 곳마다 예쁘게 단장하고어서 오라는 듯 환영해 주는 모습에 반한다. 메마른 듯보이는 가을 산. 단풍의 화려함으로 그 모든 것을 감싸안는다. 발길 닿는 곳 눈 가는 곳마다 보는 것만으로도행복을 안겨준다. 짧은 시간 아름다움을 뽐내는 가을산, 잠시 한눈팔면 볼 수 없다. 가을 산은 화려하다. 단풍으로 산이 물들기 시작하면 벌써 가슴이 뛴다.

황량한 산에 눈이 내리면 세상에서 제일 포근하고

아름다운 모습으로 변한다. 몸을 가누지 못할 만큼 세찬 칼바람 속에서도 정상을 향해 올라가는 기분은 느껴보지 않으면 알 수 없다. 아무도 찾지 않을 거 같은 눈 덮인 산에 오르는 기분은 세상을 다 가진 것 같다. 겨울산은 멋지고 황홀한 기분을 안겨주지만 조심 또 조심해야 한다. 특히 눈쌓인 산을 오를때는 특별히 더 안전에 신경써야 한다. 산을 오르는 재미에 푹 빠져서 신나게 산행을 했을 때의 일이다.

"으악!!"
"무슨 일이야????"

설산을 보기 위해 원주 감악산에 갔다가 계곡으로 미끄러진 사고가 있었다. 다행히 주변에 있던 친구의 도움으로 큰 사고로 이어지지 않았지만, 지금 생각해도 아찔한 기억이다. 기대했던 만큼 눈이 쌓인 산을 오르면서 신나서 방심했다. 순간 미끄러진 것이다. 많은 눈이 쌓이면 길과 계곡이 구분이 어렵기도 하다. 조심 또 조심해야 한다.

봄, 여름, 가을, 겨울. 어느 한 계절도 버릴 수 없다. 내가 산을 찾기 시작한 것은 어느 봄날이었다. 모든 것이 무료해지고 삶의 활력을 잃어가고 있을 때 우연히 접하게 된 산행에서 즐거움을 찾았다. 사람들은 다시 내려올 것을 왜 올라가는지 이해할 수 없다고 한다. 나는 그곳이 좋다. 포근히 나를 안아주는 것 같다. 산에서는 겸손해진다. 쓸데없는 잡생각이 나지 않는다.

모든 것을 받아주는 편안함이 좋다. 그냥 다 좋다. 무작정 이렇게 좋은 것 하나쯤 가졌는지 궁금하다. 삶의 활력을 위해 내가 좋아하는 것 하나쯤 갖기를 바란다.

5

오십의 꿈과 경제력
(경제력, 노후준비)

"막걸리는 내가 살게."

"그럼 안주는 내가 살게."

"그래? 그럼 커피는 내가 살게."

어느 날 직장에 다니고 있는 친구 셋이 나누었던 대화다. 언제까지 직장 생활을 할 수 있을지 모르지만, 현재는 경제활동을 하고 있다. 그러니 아직은 막걸리도 살 수 있고 맛있는 안주도 살 수 있고 후식으로 커피도 살 수 있다며 웃었던 기억이 난다. 나중에 나이 들어 돈을 벌 수 없을 때는 누군가 그때까지 돈을 벌고 있는 친구가 막걸리를 사줘야 한다며 미래에 대한 여러 가지 이야기를 나누기도 했다.

어느 날 친구가 산에 갔는데 나이 지긋하신 할아버지 두 분이 막걸리를 사 들고 올라오셨다고 한다. 막걸리 한 잔씩 따라 마시면서 산 아래를 내려다보며 세상 사는 이야기를 하던 모습이 참 보기 좋았다고 한다. 그 모습이 좋은 기억으로 남아 나중에 친구와 함께 그렇게 산에 오르고 싶었다며 막걸리에 대한 기억을 떠올리기도 했다. 산에서 막걸리를 마시는 할아버지 이야기를 들으며 잠시 나의 노후를 생각해 보았다. 나이 들어 막걸리 한 잔을 마시는 것도 내가 가진 돈을 생각하며 마셔야 한다면 서글픈 현실이 될 것이다. 실제로 퇴직하고 경제활동을 하지 못하게 되면 사람 만나는 일이 쉽지 않다고 한다. 나이 들수록 돈은 못 벌어도 돈은 가지고 있어야 한다는 것이다.

친구를 만나는 것도 돈이 필요하지만, 나이 들어서

몸이 아프게 된다면 큰일이다. 오십이 넘어가면 기다렸다는 듯이 병원에 자주 가게 된다. 감기처럼 가벼운 것이라면 다행이지만 큰 병이라도 생기거나 넘어져서 뼈라도 부러진다면 어떻게 될까? 노후를 위해 든든하게 준비했다면 병원비 걱정은 하지 않아도 될 것이다. 하지만, 전혀 준비되지 않았다면 모두 자식들에게 부담을 주는 일이 된다.

여러 가지 질병으로 긴 시간 투병 생활을 하고 계신 아버님의 상황을 경험하게 되니 더 현실적으로 다가온다. 오랫동안 치료를 받아야 하니 병원비도 상당하다. 그 모든 비용을 본인이 부담하고 계신다. 만약, 아버님이 노후자금을 마련해두지 않았다면 병원비는 고스란히 자식들이 부담해야 할 것이다. 얼마나 감사한 일인가? 간혹, 부모의 생활비와 병원비 등으로 자식들 간에 불화를 겪는 모습을 보게 된다. 부모를 위해 당연하게 부담해야겠지만, 사는 것이 빠듯한 자식은 쉬운 일이 아닐 수 있다.

출근길 지하철에서 읽었던 글이 생각난다. 글쓴이는

현재 아파트에 살지만 언젠가는 단독주택으로 가서 사는 것이 꿈이라고 했다. 마당이 있는 2층으로 된 집을 꿈꾸며 집을 어떻게 지을지 상상하며 적은 글이었다. 그 글을 보니 어릴 때 잔디마당이 있는 예쁜 집에서 살고 싶었던 때가 떠올랐다. TV에서 보여주는 부잣집에 대한 로망이었나 보다. 감히 이룰 수 없는 꿈속의 집이었다. 어릴 때 꿈꾸던 것과는 달리 어른이 되면서 도시에서 살았다. 아파트에 사는 것이 좋았고 마당 있는 집에 대한 꿈은 잊혔다.

도시에 살면서 전원생활에 대한 생각은 전혀 없었다. 그랬던 나도 오십이 되니 생각이 바뀌기 시작했다. 복잡한 도시를 벗어나 한적한 시골에서 살아보는 것도 좋겠다는 생각이 들기 시작했다. 나이 들면 왜 시골에 가서 살고 싶은지 그 마음이 조금은 이해가 되기도 했다. 하지만, 아파트의 편리함을 버리지 못한 것도 있고 아직 직장 생활을 하는 현실적인 문제로 구체적으로 생각하기는 힘들다. 만약 전원생활을 하기로 마음먹는다면 현실적인 가장 큰 문제는 주택을 마련하는 비용이 큰 비중을 차지하게 되지 않을까?

나이가 들면 자연스럽게 돈이 모이는 줄 알았다. 시간이 쌓이는 만큼 돈도 쌓여서 여유로운 노후생활을 하게 될 줄 알았다. 어릴 적 꿈이었던 잔디마당이 있는 집에서 살고 싶다면 그렇게 할 수 있을 줄 알았다. 나이 들어 만남에 대한 기대보다 만남에서 지출해야 할 돈을 먼저 생각하고 만날지 말지 결정해야 한다면 마음이 어떨까?

실제로 현실에서 그런 이야기를 듣기도 한다. 만남의 장소가 고급스러운 분위기라면 그날 지출해야 하는 비용이 부담스러워 만남을 주저하기도 한다는 것이다. 형편이 여유롭지 못하고 돈벌이를 하지 않는다면 그럴 수 있다고 생각한다. 그런 일이 반복되면 돈이 많이 들어가는 만남은 스스로 정리하게 되지 않을까?

오십이 되면 이루고 싶은 꿈이 많아진다. 그동안 생각만 하던 일을 실천하는 것도 오십이 되면서 적극적으로 하게 된다. 마음 내킬 때 친구와 산에 가서 막걸리 한 잔은 나눌 수 있어야 하지 않겠는가? 가끔은 고급스러운 식당에서 우아하게 즐길 수도 있어야겠지. 당장 잔디가 깔린 마당이 있는 집을 마련할 수는 없어도 돈 때문에 일상을 포기해야 하는 상황은 만들지 말아야겠 다. 나이 들수록 돈이 있어야 하고 노후자금은 든든하 게 준비해야 하는 이유다.

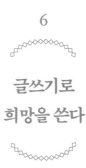

6

글쓰기로
희망을 쓴다

브런치스토리 작가에 합격하고 설레는 마음으로 첫 글을 쓰던 때가 생각난다. 작가라는 타이틀이 주는 무게감이 느껴져서 오히려 글쓰기가 부담스럽게 느껴지기도 했다. 차츰 익숙해지면서 편하게 글쓰기를 하게 되었고 일상이 글이 되는 삶이 되었으면 좋겠다는 바람을 갖기도 했다. 우연히 시작한 글쓰기로 인해 새로운 경험을 했다.

일상을 글에 담는 과정에서 브런치스토리에 대장암 극복기를 쓰게 되었다. 이미 5년이 지나고 완치 판정을 받았기에 기억을 더듬고 기록을 찾아가면서 사실에 근거하여 자세히 쓰려고 노력했다. 나의 경험이 누군가에게 작은 힘이 될 수 있었으면 좋겠다는 바람이 있었다.

그 글을 보고 건강 관련 잡지인 '건강 다이제스트'에서 제안이 들어왔다. 나의 대장암 극복기를 잡지에 싣고 싶다는 것이다. 제안은 반갑게 받아들였다. 글을 쓰면서 좋은 경험이 되겠다고 생각했다. 잡지사 형식에 맞춰 글을 다시 써서 보냈다. 아주 잘 썼다는 칭찬을 해주셨다. 인사치레로 해준 말이겠지만 글을 써서 칭찬받으니 기분이 좋았다. 칭찬과 더불어 더 반가운 소식은 프리랜서 제안을 해주었다는 것이다. 이것은 내가 쓴 글을 인정해 주는 것으로 느껴져서 감사하고 기뻤다. 그렇게 잡지에 글을 써보는 새로운 경험을 해보았다.

대장암을 극복한 경험이 있어서 기고문을 쓸 수 있었지만, 그 경험으로 인해 글쓰기에 대해 희망을 품게되었다. 나의 글을 누군가 인정해 준다는 사실이 반갑고 글의 영향력에 대해 생각하게 되었다. 그리고 글쓰기에 대해 공부를 하고 싶어졌다. 오래전부터 내 안에 있는 것을 내보이고 싶다고 생각했던 거 같다. 하지만 그것이 글쓰기로 이어질 거라는 생각은 하지 못했다. 글쓰기에 관한 공부를 시작하면서 구체적으로 생각이 정리되었다.

내 안의 들어있는 것들에 대해 글로 써야겠다는 다짐을 하게 되었고 실제로 글을 쓰기 시작하니 이왕에 써 놓은 글을 책으로 엮고 싶었다. 그래서 책 쓰기에 관한 공부를 시작했다.

아무것도 모른 체 글벗들과 공동으로 글을 쓰기 시작하면서 공동 저자가 되는 경험을 했다. 지금 생각하면 정말 무모한 도전이었지만 결국 쓰기에 성공했고 책이 되어 나오기도 했다. 그때의 경험을 살리고 책 쓰기 공부를 통해 알게 된 것을 적용해서 내 이름으로 된 책 쓰기에 도전하고 싶었다. 글쓰기를 시작했을 뿐인데 일이 자꾸만 커진다. 그렇게 하나를 경험하면서 새로운 꿈이 생기고 다시 도전하고 싶은 새로운 대상이 생기면서 글쓰기는 나의 삶에 큰 변화를 안겨주었다.

작년 12월 말쯤 코로나 19 바이러스에 확진되었다. 처음에는 몸을 움직이는 것도 힘들 정도로 아프고 괴로웠지만 3일이 지난 후부터는 조금씩 회복되었다. 일상생활을 하는 데 크게 무리가 없을 만큼 회복되자 바로 책 쓰기를 위한 초고 쓰기에 돌입했다. 책 쓰기를 위해 처음 써보는 글이라 시작은 진도가 더디게 진행되었으나 집중해서 쓰기 시작하니 놀랄 만큼 빠르게 잘 써졌다. 그렇게 자가 격리 중에 시작된 초고 쓰기는 새해를 맞아 주말을 이용해 완성하였다. 나의 책 쓰기는 그렇게 시작되었다.

내가 쓰고도 놀랐다. 이렇게 다시 열정을 쏟게 되는 일을 만난 것은 삶의 축복이었다. 오십에 시작한 글쓰기는 나에게 희망이었다. 직장 생활을 벗어나 새로운 꿈을 꿀 수 있는 계기가 되었다. 일상이 글이 되고 글

쓰는 일상은 새로운 희망이 되었다. 일상에서 우연히 만나게 되는 뜻밖의 사건이 어떤 변화를 가져다줄지 알 수 없는 일이다. 일상의 사소한 만남에서 가슴 두근 거리는 일을 만나게 되면 절대 외면하지 말기를 바란 다.

"우리가 쓴 글로 나중에 문집이라도 만들자."
"그럴까? 좋은 생각이다."

글쓰기를 좋아하던 친구와 나누던 대화다. 막연하게 나누었던 대화가 꿈을 이루게 해 주었다.

글쓰기로 삶에 변화가 생길 줄은 미처 알지 못했다. 글쓰기로 인해 새로운 경험을 하게 되고 좋은 기회를 만나기도 한다. 글쓰기는 누구나 가능하지만 어렵다고 생각하는 사람이 의외로 많음을 안다. 시도해 보지 않 고 어렵다는 편견을 가지고 있지는 않은지 묻고 싶다. 일상에서 느끼는 사소한 감정을 메모하는 습관부터 시 작해 보면 어떨까? 감정과 생각을, 그리고 경험한 모든 일을 말하듯이 써보면 생각보다 어렵지 않음을 알게 될 수도 있다.

나에게 글쓰기는 희망이다. 글쓰기로 얻게 되는 기회를 통해 모든 사람이 희망을 품었으면 좋겠다.

7

남을 부러워하지 말고
내 삶 가꾸기

남들은 나를 부러워할 때 반대로 나는 남들이 부러운 경우가 있다. 내가 가진 것은 귀한 줄 모르고 남의 것만 좋아 보이나 보다. 부러워하는 종류도 나이에 따라 달라지는 것 같다. 아이들이 어렸을 때는 대상이 주로 아이들을 기준으로 부러움이 정해진다. 아이가 공부를 잘한다거나 대회에 나가서 상을 받았다는 자랑을 할 때 약간 부럽기도 했다.

하지만 공부는 우격다짐으로 되는 것이 아니다. 내가 공부에 대한 욕심이 없어서인지 오랫동안 부러움의 대상이 되지는 못했다. 아이들이 공부가 아닌 다른 것으로 충분히 잘하고 있었으니 그것으로도 보상이 되었다.

아이가 자라서 대학을 진학할 즈음에는 좋은 대학에 갔다는 소식이 부럽기도 했다. 좋은 대학에 가게 된 것은 분명히 중, 고등학교 시절부터 본인의 피나는 노력과 부모의 뒷받침이 있었다는 것을 안다. 그것에 비하면 나는 아이들의 뒷바라지를 만족스럽게 해주는 엄마는 아니었다. 일한다는 핑계로 엄마들과의 만남이 없어서 정보력이 부족했다. 그렇다고 남들처럼 비싼 과외를 시켜줄 만큼 경제적으로 도움을 주지도 못했다. 그런 것을 감안하면 오히려 부러움보다 아이들에게 미안한 마음이 존재한다. 비싼 과외가 도움이 되기도 하겠지만 공부는 본인의 의지가 있어야 한다고 생각하고 있었다. 정보력이 부족하고 경제력도 부실했지만, 아이들이 원하는 것은 다 해주려고 애썼으니 그것으로 미안한 마음을 거두고 싶다. 부모 입장에서 남의 자식들이 잘되는 것을 보면 부러운 것은 사실이다.

사십 대쯤 되었을 때 가장 부러웠던 것은 부자가 된 친구들의 모습이었다.

"부모님에게 현금을 얼마를 받았다더라."
"작은 상가를 미리 넘겨줬다더라."

부모에게 물려받은 재산이 두둑해서 부자가 된 친구가 있다. 자식들이 속 썩여도 그것과는 별개로 재산이 많아지니 여유가 생기더라. 재산이 있을 때와 없을 때의 차이가 눈으로 보일 만큼 변한 모습이 부럽기는 하더라. 돈이 좋긴 좋은가 보다. 형편에 맞게 사는 것이 맞는다고 물질적인 욕심을 부리지 않고 살던 나였다. 그런 내가 보기에도 재산은 좀 있어야겠다고 생각하게 되더라. 부자 된 친구를 보니 재력 있는 부모가 있는 친구도 부럽더라. 언젠가는 물려받을 테니 얼마나 좋을까.

오십 대가 되면서 부러움의 대상이 달라졌다.

"단풍보러 설악산에 가자."
"설산보러 덕유산에 가자."

꼭 산이 아니더라도 내가 좋아하는 것을 마음대로 할 수 있는 사람이 부러웠다.

몸이 아파 일상생활에서 좌절을 많이 느끼게 되면서 건강한 사람이 제일 부러웠다. 에너지 넘치는 생활을 하는 사람, 평소에 활력이 넘치는 사람이 아주 부러웠다. 하고 싶은 운동을 원하는 대로 하는 사람도 그렇게 부러울 수가 없다. 좋은 대학에 간 자식이 내 건강을 책임져주지는 않는다. 돈이 아무리 많아도 몸이 아프면 다 소용없다. 조금 부족해도 몸이 건강하면 뭐든지 할 수 있으니 그것이 최고라는 생각이다. 작년 한 해는 아픔으로 일그러진 한 해였다. 걱정의 아이콘이 되어 안부를 묻는 사람마다 아프지 마라, 건강해라, 하는 소리를 귀에 못이 박히도록 들었던 거 같다.

평소의 습관이 나를 만든다는 생각이다. 건강하고 싶다면 노력이 필요하다. 내 몸에 맞는 운동을 생활화하는 것은 필수다. 그렇지 못한 생활로 아픈 몸이 되었으니 누구를 탓할 수도 없다. 아프고 싶어서 아픈 사람은 없을 것이다. 자식들은 잘 자라서 자기 몫을 해내고 있으니 걱정할 일이 없고 남의 자식 부러워할 것도 없다. 부자 부모를 만나서 물려받을 재산이 있다면 감사한 일이겠지만, 재력이 없어도 건강한 부모라면 그것만으로도 감사할 일이다. 내 건강을 제대로 챙기지 못했으니 여전히 건강한 사람을 보면 아주 부럽다. 건강은 건강할 때 지켜야 한다는 것을 명심해야 한다.

몸이 아파도 내가 가진 것을 부러워하는 사람도 많다. 누구나 내가 갖지 못한 것에 대한 로망이 있기 마련이다. 남을 부러워한다는 것은 나에게 없는 것을 갖고 싶은 욕심이 아닐까? 언제까지 부러워하며 살 수는 없는 일이다. 남이 가진 좋은 것을 욕심내지 말자. 남의 인생 부러워하기 전에 내 삶을 먼저 돌아보자. 충분히 잘살고 있는 내가 보이지 않는가?

8

노력하면 꿈이
현실이 되는 버킷리스트

혹시, 버킷리스트를 작성해 본 적이 있는지 궁금하다. 한 번도 적어보지 않았던 일이었는데 글쓰기 주제로 만났을 때 잠시 생각해 본 적이 있다. 버킷리스트란 죽기 전에 꼭 해야 할 일이나 하고 싶은 일들에 대한 목록을 말한다. 중세 시대에 자살할 때 목에 밧줄을 감고 양동이를 차 버리는 행위Kick the Bucket에서 유래되었다고 한다. 2007년 잭 니콜슨과 모건 프리먼 주연의

〈버킷리스트〉라는 영화를 통해 전 세계적으로 알려지게 되면서 유행처럼 번지기도 했다. 영화의 내용은 암에 걸린 두 주인공이 병실에서 만나 죽기 전에 하고 싶은 일을 실행한다는 내용이다. 죽기 전에 해야 할 일이라고 하니 뭔가 거창한 느낌이 들기도 한다.

지금도 많은 사람들이 죽기 전에 하고 싶은 일을 버킷리스트로 작성하면서 꼭 이루고 싶은 희망을 새기곤 한다. 유행처럼 번지던 버킷리스트였지만, 한 번도 작성해 보지 않았다. 아마도, 현실적인 부분이 밀어내지 않았을까? 희망 고문처럼 스스로 이루지 못할 거창한 것들을 생각하고 있었나 보다. 가만 생각해 보니, 꼭 죽기 전이라는 단서를 붙일 필요가 있겠느냐고 생각해 보았다. 그냥 지금부터 더 나이 들기 전에 내가 하고 싶은 것과 이루고 싶은 것을 적어 보면 어떨까? 건강할 때, 하고자 마음먹을 때 할 수 있는 일을 적어 보자. 나이 들어 후회하고 싶지 않은 일, 그리고 시간이 좀 걸리더라도 나를 위해 꼭 하고 싶은 일은 어떤 것들이 있을까? 지금부터 준비해서 현실적으로 모두 이루고 싶은 소망을 적어본다.

하나, 내 이름으로 된 고급 승용차를 갖고 싶다. 가족을 위한 차량이 아닌, 오직 나만을 위한 고급 승용차를 가질 수 있게 되기를 꿈꾼다. 열심히 일하며 살아온 시간에 대한 보상으로 이 정도 욕심은 부려도 되지 않을까? 고급 승용차의 기준이 사람마다 다를 수도 있지만 기준은 내가 정하는 것이니까, 내 맘에 드는 차면 충분하다.

둘, 내 이름으로 된 고급 승용차를 운전해서 전국 일주를 하고 싶다. 운전할 기회가 많지 않았기 때문에 면허증 취득한 지 30년이 넘었지만, 아직도 운전이 서툴다. 충분한 운전 연습을 한 후, 전국을 돌며 우리나라 곳곳을 다녀보고 싶다. 그러기 위해서는 무엇보다 건강해야겠다. 해외여행도 좋지만, 우리나라 구석구석을 다녀보는 것도 의미 있을 것으로 생각한다. 가보지 못한 곳이 얼마나 많은가? 제대로 알지 못하고 잘못 알고 있는 곳도 많다. 우리나라 구석구석을 제대로 만나보고 싶다.

셋, 서울 근교에 나만의 공간을 만들고 싶다. 여건이 허락한다면 작은 집을 구하고 싶지만, 그것이 어렵다면 방 한 칸이라도 상관없다. 그곳에서 무엇을 하든 나만을 위한 시간으로 채우리라. 특히, 글 쓰는 시간을 많이 가지고 싶다. 꾸준하게 쓰는 삶을 살고 싶다. 나만의 공간에서 날마다 글을 쓰면서 살고 싶다. 어디서든 쓰면 되겠지만 공간이 주는 의미가 크다. 방해받지 않고 생각하고 쓸 수 있는 공간은 글 쓰는 사람에게 꼭 필요하기에 간절히 소망해 본다. 하지만, 서울이나 서울 근교에 방 하나 얻기가 쉽지 않은 현실에서 무리한 소망일지 모르겠다. 그렇더라도 꼭 갖고 싶은 공간이기에 꿈이라도 꾸고 싶다. 혹시 아는가? 누군가의 도움으로 가능할 수도 있을지. 상상만으로도 기분이 좋다. 하하.

넷, 유럽 여행을 가고 싶다. 현실적으로 장기간은 힘들겠지만, 한 달쯤 시간을 내서 떠나고 싶다. 이것은 남편과 함께 해야겠다. 성실하게 살아온 부부를 위한 시간을 선물하고 싶다. 그동안 애썼다며 서로를 토닥여주는 시간을 가지며 여유롭고 행복한 시간을 누려보고 싶다. 이것은 나 혼자 원한다고 가능한 일은 아니지만,

나를 위해 꼭 동행해 주었으면 좋겠다. 하지만, 경제적인 부담이 상당하므로 가능 여부를 장담할 수 없다. 그래도 꼭 이루어졌으면 좋겠다.

쓰고 보니 모두 거창한 꿈이라는 생각이 든다. 죽기 전에 이루지 못할 수도 있겠다.

"나의 버킷리스트 보니 어때?"
"꿈이 너무 크지 않아? 가능할까?"

남편에게 버킷리스트 이야기를 해줬더니 현실적으로 불가능하지 않겠냐며 곤란한 표정을 짓는다. 지극히 현실적이다. 한 번도 진지하게 생각해 보지 않았던 일이다. 과한 듯하지만 지금이라도 희망을 적어 보니, 시간과 돈이 필요한 일이다. 그래서 늘 현실에게 밀렸나 보다. 그 모든 것을 이룰 수 있으려면 경제적인 자유를 얻어야겠고 그다음은 퇴사해야 할 테지. 일하는 시간이 길어지지 않기를 바라야겠다. 꿈을 이루기 위해 노력하는 내 모습이 기특하다. 날마다 글쓰기를 하는 삶을 이어가고 있다. 주말이면 가보지 않는 곳으로 드

라이브하며 운전 연수를 하고 있다. 꿈이 현실이 되기
위해 나의 노력은 계속될 것이다.

9

오늘보다 더 나은
내일을 꿈꾸며

새해를 맞으며 굳게 다짐한 것이 있다. 맘대로 되는 일은 아니지만 그래도 내 몸은 내가 지킨다는 다짐으로 절대로 아픈 몸이 되지 말자는 것이다. 지인들이 안부를 물을 때 '아픈 데는 없지?'라고 묻지 않도록 건강한 내가 되어야겠다는 것이다.

작년 한 해 아픔을 이겨내느라 몸과 마음이 지쳐서

일상이 엉망이 되었다. 내가 아프면 나 혼자만의 일로 끝나는 것이 아니라 가족 모두와 주변 사람들에게도 영향이 미친다. 나로 인해 좋은 영향력이 퍼져나가기를 바란다.

이루고 싶은 버킷리스트를 적어 보니 현실과 거리가 먼 내용이다. 세컨드하우스를 원하는 일이나 유럽 여행을 가는 것은 현실적으로 쉽지 않다는 것을 안다. 바쁘고 치열하게 사느라 삶에 정서가 메말랐다는 느낌을 많이 받는다. 낭만까지는 아니라 해도 감정이 메마르게 살고 싶지는 않다. 그런 면에서 꿈을 통해 삶에 낭만을 채우고 싶었는지도 모르겠다. 현실적인 거 따지지 않고 낭만적인 마음으로 바꾼다면 불가능할 일도 아니다. 노후 자금을 풀고 나중을 위해 준비해 둔 자금을 풀면 가능할지도 모른다. 하지만, 미래를 대비하지 않고 현재만 살 수는 없다. 그래서 꿈만 꾸는지 모르겠다.

"우리는 언제쯤 하고 싶은 거 다 하면서 살게 될까?"
"내일을 준비하느라 현재를 너무 빠듯하게 사는 거

아닐까?"

가끔 이런 대화를 주고받는다. 현재가 중요하다고 하면서도 내일을 준비하느라 여념이 없다. 꿈만 꾸며 살더라도 노후를 준비하며 현재를 살아야 한다. 노후가 그리 멀지 않다. 당장 직장을 그만두면 경제적으로 수입이 사라진다. 그게 1년 후가 될 수도 있고 5년 후가 될 수도 있다. 그러니 현재에 모든 것을 걸고 살 수는 없다. 알 수 없는 내일을 위해 조금 알뜰하게 살게 되더라도 생각하지 않을 수 없다. 다만, 내일을 위한다고 오늘을 너무 팍팍하게 살지 않기를 바랄 뿐이다.

현실적으로 가능한 일을 하면서 살다 보면 꿈이 현실이 되는 날이 오지 않을까? 글쓰기를 하다 보니 이렇게 책을 쓰게 되는 것은 꿈이 현실이 된 좋은 예다. 내가 책을 쓰게 될 줄 상상도 못한 일이다. 글쓰기를 꿈꾸었고, 글을 쓰다 보니 책 쓰기를 꿈꾸게 되었다. 꾸준하게 노력하고 실천하다 보니 꿈이 이루어진 것이다. 내 이름으로 된 책이 나오기까지 글쓰기를 놓지 않았기 때문에 가능한 것이다.

프랑스 작가 앙드레 말로는 "오랫동안 꿈을 그리는 사람은 마침내 그 꿈을 닮아간다."고 했다. 지금은 이루지 못할지라도 마음속에 담아두고 간절히 바라며 노력하면 어느새 현실로 가능해질지 모른다. 지금은 꿈을 상상하는 것으로도 즐겁다. 언젠가는 나와 어울리는 내 공간이 생길 것이고, 어느 날은 유럽 여행기를 쓰고 있을지도 모를 일이다.

건강한 삶을 다짐했으니 건강해지기 위해 노력할 것이다. 예전처럼 등산을 마음껏 할 수 있는 내가 되기 위해 노력할 것이다. 하루아침에 건강한 몸이 되지 않는다는 것을 안다. 다짐하면 꾸준히 실천하는 것은 나의 장점이다.

포기하지 않고 계속하는 것. 꼭 그렇게 할 것이다. 대장암 극복기를 통해 사람들에게 희망을 전했듯이, 건강한 몸이 되어 다시 한 번 희망을 전하고 싶다.

내 나이 오십이 넘었지만 아직은 할 수 있는 일이 많다. 건강했던 지난날을 돌아보면 즐거웠던 기억이 많다. 아름다운 추억으로 기억되는 많은 일들, 언제부터 인지 포기하는 일이 많아졌다.

　다시 도전해 보고 싶다. 좋아하는 등산을 즐기며 즐거운 추억을 쌓고 건강하게 웃는 나를 만나고 싶다. 생각만 해도 즐거운 낭만 가득한 꿈을 안고 오늘보다 더 나은 내일을 꿈꾼다. 건강한 나와 만나는 순간을 기대하기를 바란다.